FRANK MILLER'S SIN CITY®

FRANK MILLER'S

프랭크 밀러

THAT YELLOW BASTARD 노란 녀석

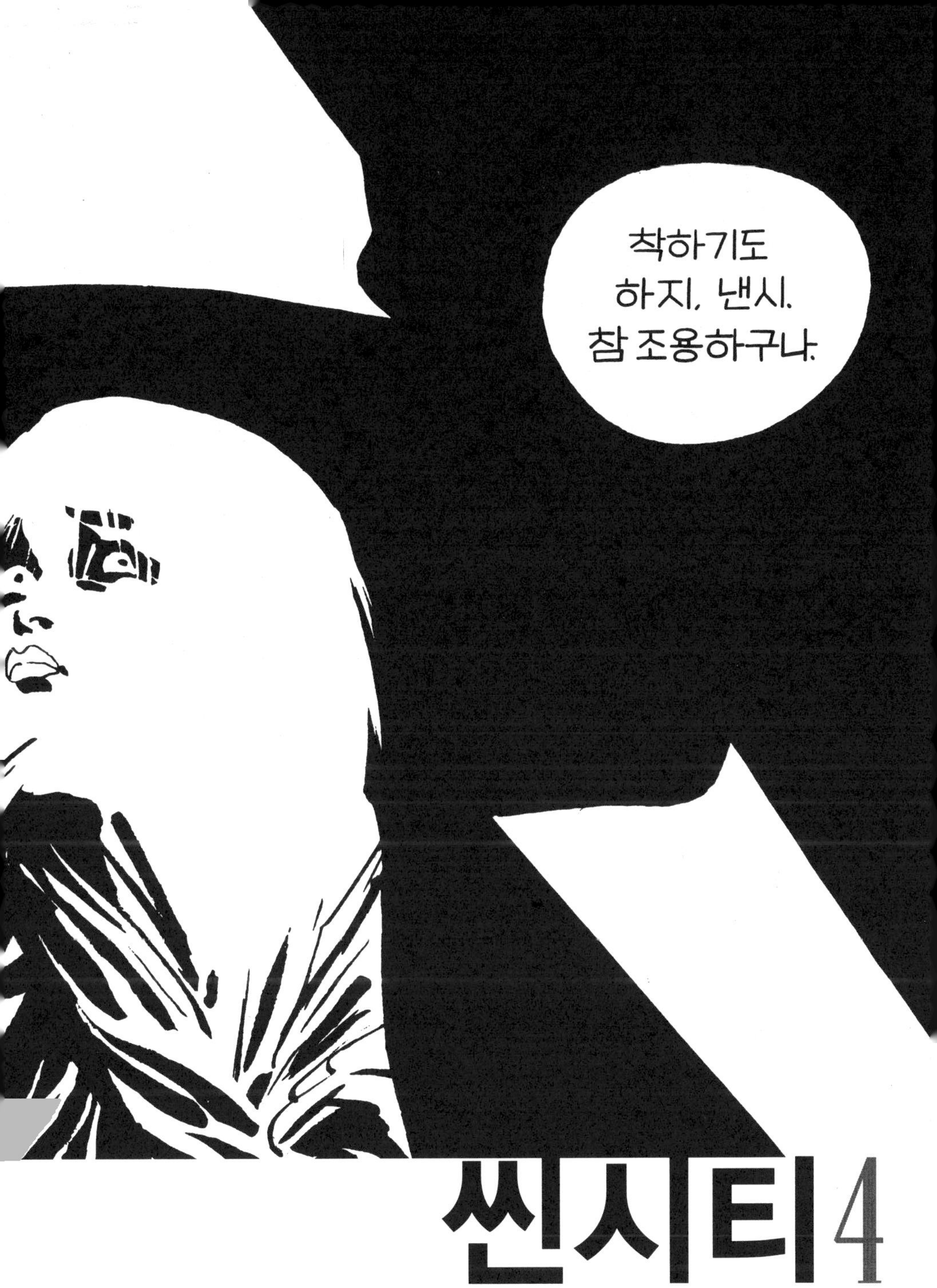

씬시티 4

세미콜론

original creative team

publisher
MIKE RICHARDSON

editor
BOB SCHRECK

cover gallery color
LYNN VARLEY

sin city classic logo design
STEVE MILLER

cover design
CHIP KIDD

book design
MARK COX
CHIP KIDD
LIA RIBACCHI

CHAPTER
ONE

딱 한 시간 남았다.
근무 마지막 날. 예정에 없던
조기 은퇴다. 의사의 분부다.
심장병. 협심증이랬던가.

딱 한 시간 남았다.
배지를 광내는 것으로 이별을 준비한다.
30년 세월의 보호와 봉사, 눈물과 피,
공포와 승리가 담긴 배지다.
서류를 밀어내고, 양식을 작성하고,
전원이 켜진 채 방치된 낡은 기계처럼 작동한다.

아일린의 잔잔한 웃음,
두툼한 스테이크와 시원한 샴페인을 떠올린다.
이제 아침 열 시까지 자든 따스한 오후 햇볕
아래 빈둥대든 자유다. 이윽고 떠올린다.
미처 조이지 못한 구두끈 한 짝을.
저기 어딘가 군침 흘리는 미친놈의 손아귀에
힘없이 붙들려 있는 어린 소녀를.

딱 한 시간을 남겨두고 모랄레스라는
끄나풀이 털어놓은 정보. 내 얼굴에
낱낱이 쓰인 모양이다. 밥이 공사장까지
따라와 왱왱대는 걸 보면. 음식에 꼬이는
파리마냥 끈질기기도 하군.

좋아! 돌았다 이거지!
죽든 살든 상관없다?
근데 나까지 말려들게 생겼잖아!
우린 파트너 아닌가! 나까지 죽게 생겼어!
이런 식으론 안 돼! 무전으로 지원을
요청할 테니 조금만 기다려!

아무렴, 밥. 로크 집안의 망나니가
네 번째 희생자를 요리하는 동안
팔짱 끼고 구경이나 하자 이거지.
열한 살짜리 낸시 캘러핸이 강간당하고
갈갈이 찢기든 말든.

그리고 지원은 우연히도 로크가
미합중국 상원의원 아빠 집으로
도망갔을 때쯤 딱 맞춰 등장하겠지.
놈이 다시 발동 걸리기 전까지는
잠잠할 테고.

심호흡 해. 하티건. 진정하고
생각 제대로 하라고. 자넨 곧 예순이야.
심장도 맛이 갔어.
누굴 구한다는 거야.

정말 굉장한
자세야, 밥.
훌륭한 경찰,
경찰의 자랑이야.

집에서 기다릴
아일린을
생각해야지.

제길, 밥.
자네가 옳아.

17

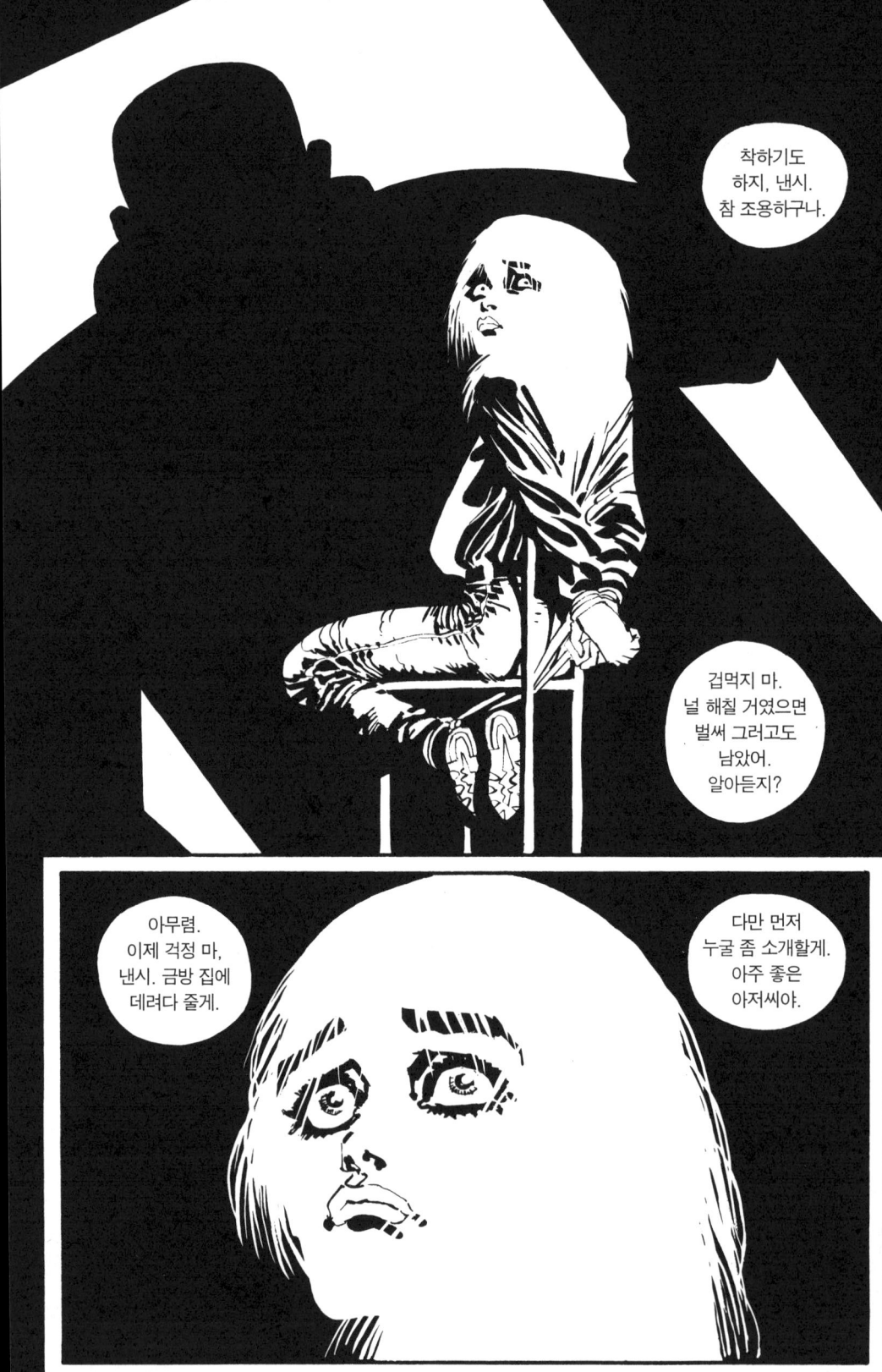

잠깐 멈춰라.
진정하라.
숨을 고르고 심장의
고동을 가라앉혀라.
한데 가라앉지
않는다.

고동친다.
고동치고 있다.
가라앉지 않는다.
느려지지 않는다.

끔찍한 통증.
가슴팍을 가로질러
팔로 옮아간다.

턱에서 생니가
몽땅 뽑혀나가는
듯한 고통.

가라앉지 않는다.

고동이
가라앉지 않는다.

정신 놓지 마라.

고동이
가라앉지 않는다.

안 돼.

우리 일은 여기까지야, 베니. 둘만 오붓하게 두자고.

곧 따라갈게, 레니. 둘이 친해지는지는 보고 가야지.

이렇게 보석 같은 어린 숙녀와 안 친해질 짐승이 어딨어? 됐으니까 얼른 가. 꼬마 낸시는 나랑 친해질 거야.

불쌍한 것. 겁먹었구나.

그렇지만 겁낼 것 없어. 얘기만 할 건데, 뭐. 즐거운 얘기 말야.

그뿐이야. 즐거운 얘기. 우리 둘이.

그만 울어. 뚝.

틀려.

낸시 캘러핸.

열한 살.

기다려라. 침착해라.
영리하게 굴어라.
경찰답게 머릴 굴려라.

도련님은 너를 따돌리고 나서
이 재규어를 타러 올 테지.
그러면 이걸 따라잡을 방도는 없으니
놈을 옭아 넣을 기회를 영영 놓치게 된다.

빌어먹을. 떨린다.
손이 떨린다.

도련님,
차는 이제
쓸 수 없을걸.

근무 마지막 날.

은퇴식 치고는
거지 같군.

낸시 캘러핸.
열한 살.

숨을 골라라, 늙은이.
퇴물이 아니란 걸 증명해.

근무
마지막 날.

빌어먹을.
날려버려.

비명 소린 없다.
때맞춰
왔나 보군.

놈은 비명을
즐기니까.

희생자들의 뒤틀린
작은 얼굴들이 떠오른다.
마지막 순간의 공포로
얼어붙은, 벌어진 입과
튀어나온 눈. 테이프나
재갈의 흔적은 없었다.
도련님은 비명을 즐긴다.

비명은 없다. 때맞춰
왔거나 너무 늦은 거다.

헉헉

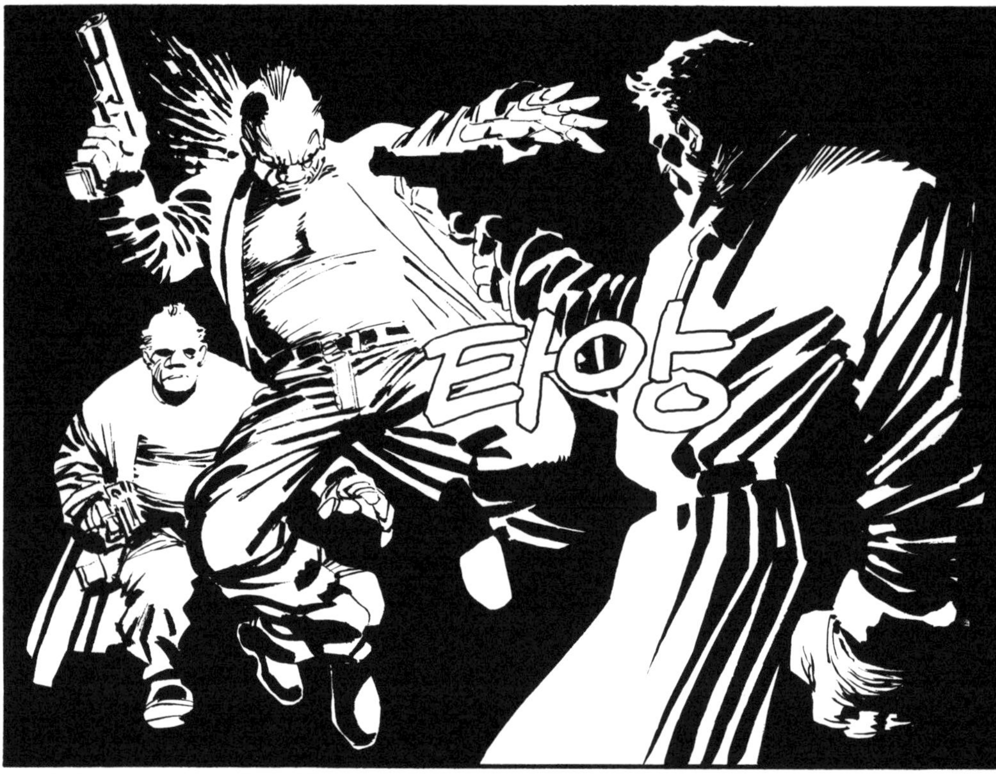
타앙

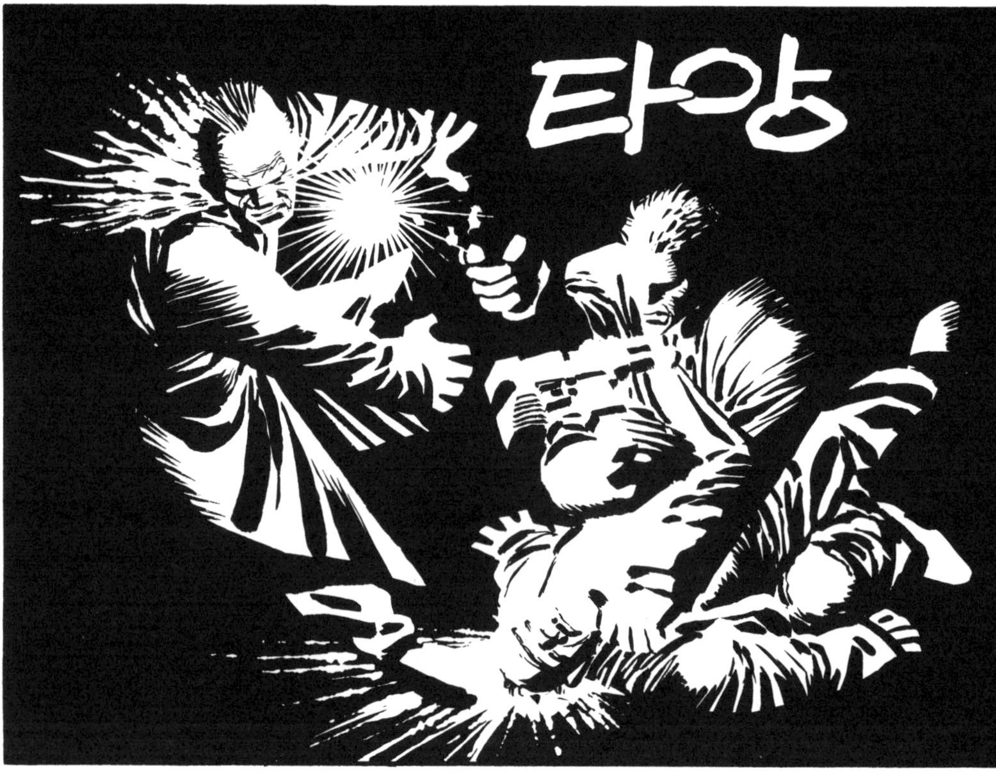
타앙

놈의 무기를
제거한다.

둘 다.

순간 등 뒤에서부터
천둥과 함께 벼락이
가슴을 뚫고
간다.
결국 기대했던
스테이크는
맛볼 수 없겠군.
근무 마지막 날.
개시부터 거지 같은
은퇴식이야.

빌어먹을,
하티건.
경고했지.
작별인사 치고는
거지 같군.

CHAPTER TWO

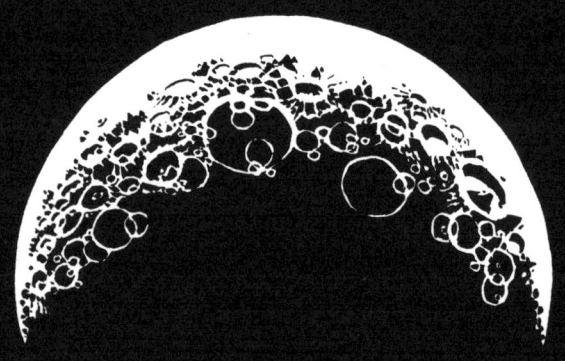

염병할, 왜 쓰러지지 않지.

염병할. 이게 바로 염병할 노릇이라는 거다.
도대체 왜 아직 그대로 서 있지?
등짝에 세 발을 정통으로 맞지 않았나.
살점을 발라내는 거대하고 투실투실한 매그넘 탄환을.
단 한 방이면 막 내리기 충분한데.

염병할. 염병할 노릇이야.
난 아직도 서 있다. 매그넘 탄환 세 발을 맞고도.
심장마비가 아니면 협심증이라도 일으켜야 하지 않나.
그런데 즉사는커녕 혼절도 하지 않는다.
염병할, 쓰러져야 정상인데 쓰러지지 않는다.

아무렴, 발밑 선착장이 폭풍우를 만난 낡은 배처럼
튀어오르고, 무릎은 케이크에 뿌린 토핑처럼
후들거린다. 하지만 어째서인지
쓰러지지 않는다.

심지어 별로 아프지도 않다.
더 아파야 정상인데.

피가 끓는다. 살갗이 차다.
바람이 선선하다.
난 쓰러지지 않는다.

난 괜찮네, 밥.
컨디션 최고야.
한 대 걷어차
줄까.

좀 봐줘.
포기하라고.
자넨 끝났어.
를 악화시키지 마.
자넬 죽이고
싶진 않아.

뭐야,
귀머거리가 됐나?
내 말 안 들려?
우리말 못 알아들어!

미안하네, 파트너!
저기 도련님이 자꾸
돼지같이 꿀꿀대잖나!
저 자식 불알 날릴 때 봤나?
더럽게 아팠을걸!

하느님.

맙소사.

오,
하느님.

사이렌은 멀었나.
어지러워진다.
시간이 없다.
아이를 빼내야 하는데.

집으로
뛰어, 낸시.
살려면
어서.

안 돼!

저 아저씨
말 듣지 마!
미친놈이야!
그대로 있어!

가엾게도. 준비자세
그대로 얼어붙었어.

사이렌은 멀었나.
기다려라. 시간을 벌어라.

놈의 성질을 돋워라.
화나게 만들어라.

48

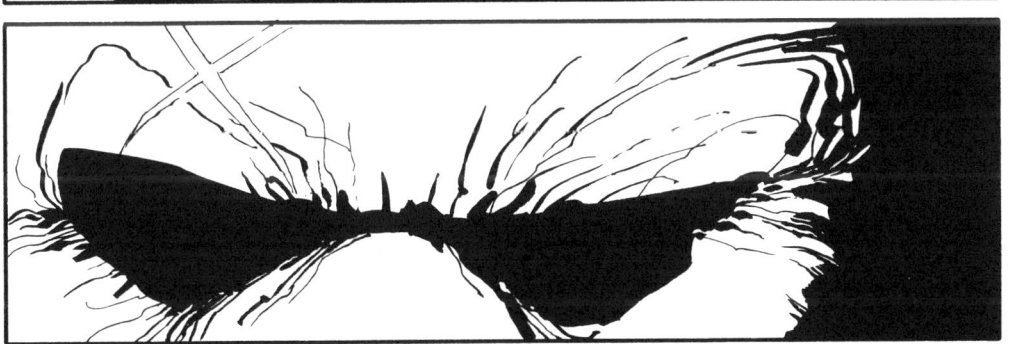
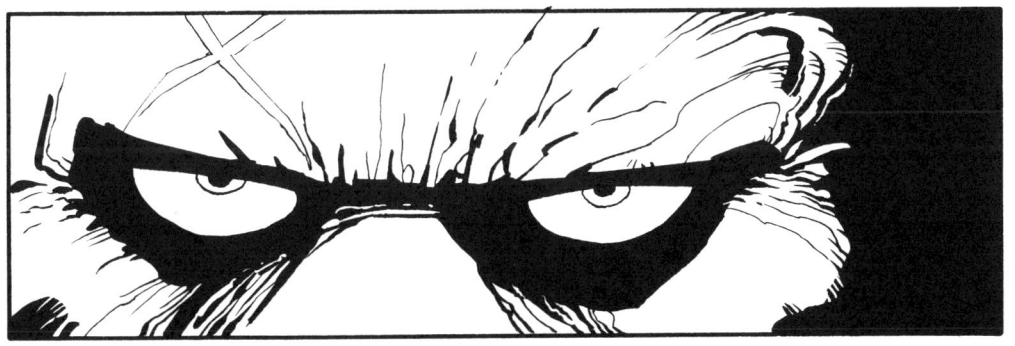

늘은이가 죽고,
소녀는 산다.
공평한 거래다.

어두워진다.

상관없다.

어둠과 침묵.
통증도 없다.

졸음이
쏟아진다.

괜찮다.

낸시가
무사하다면.

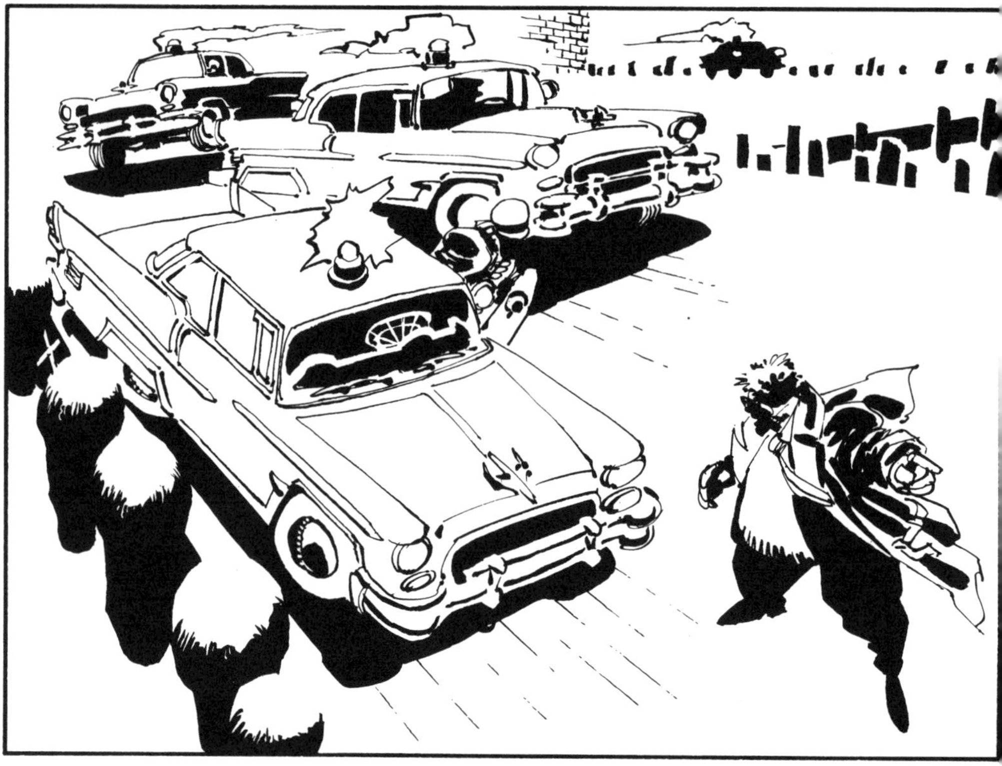

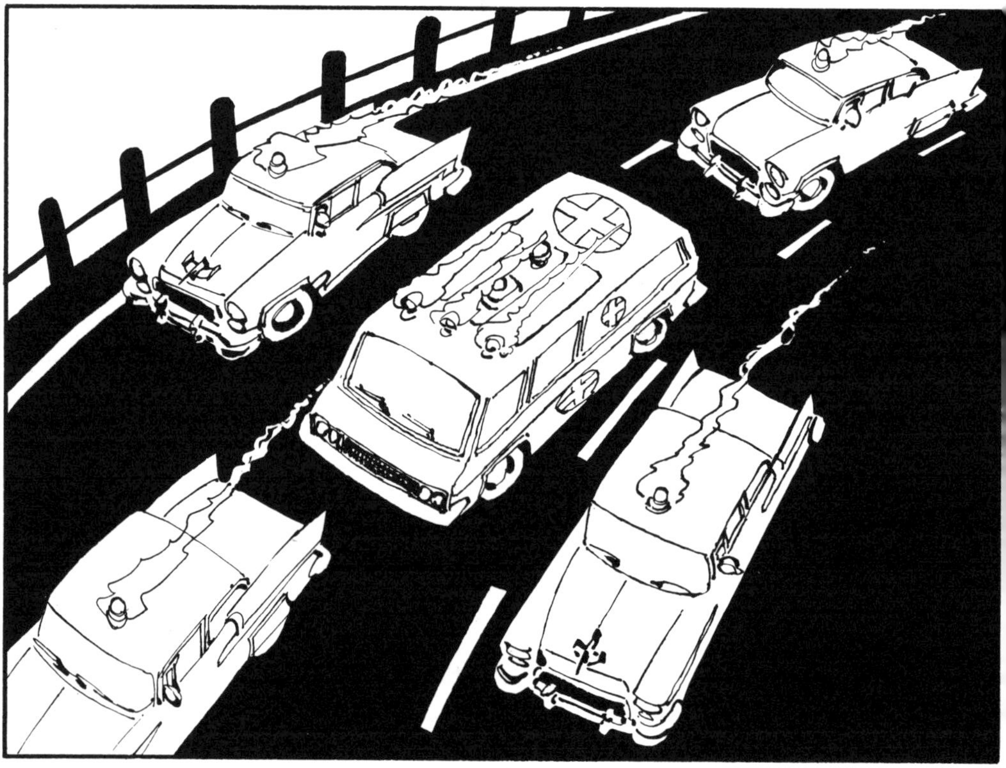

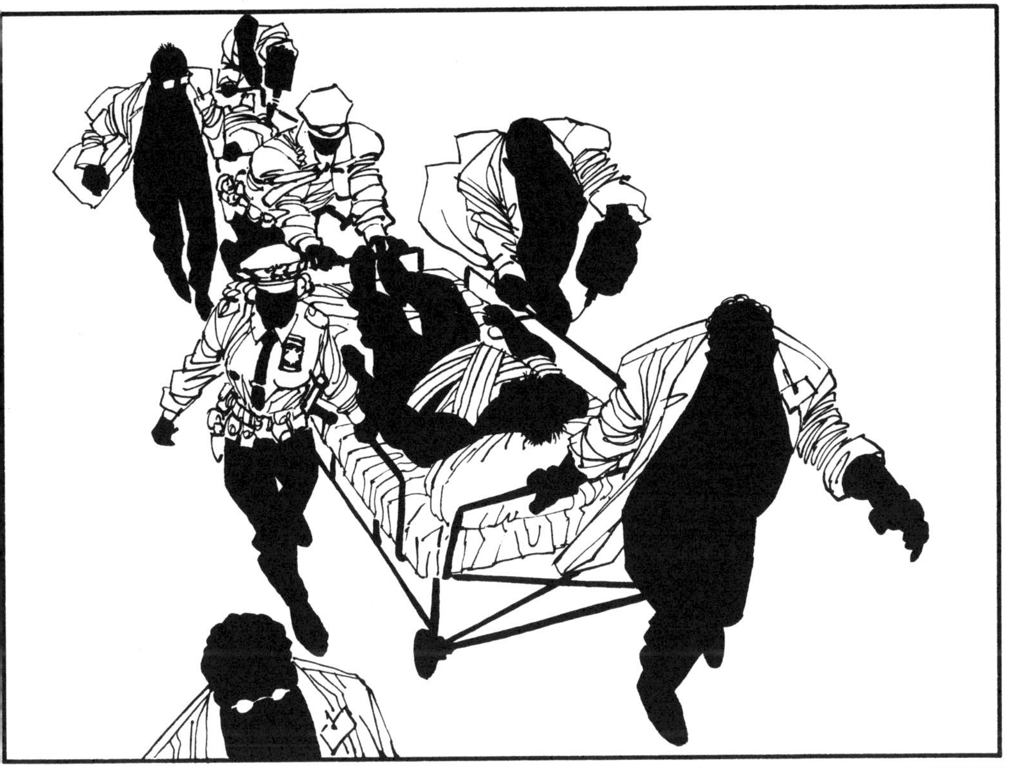

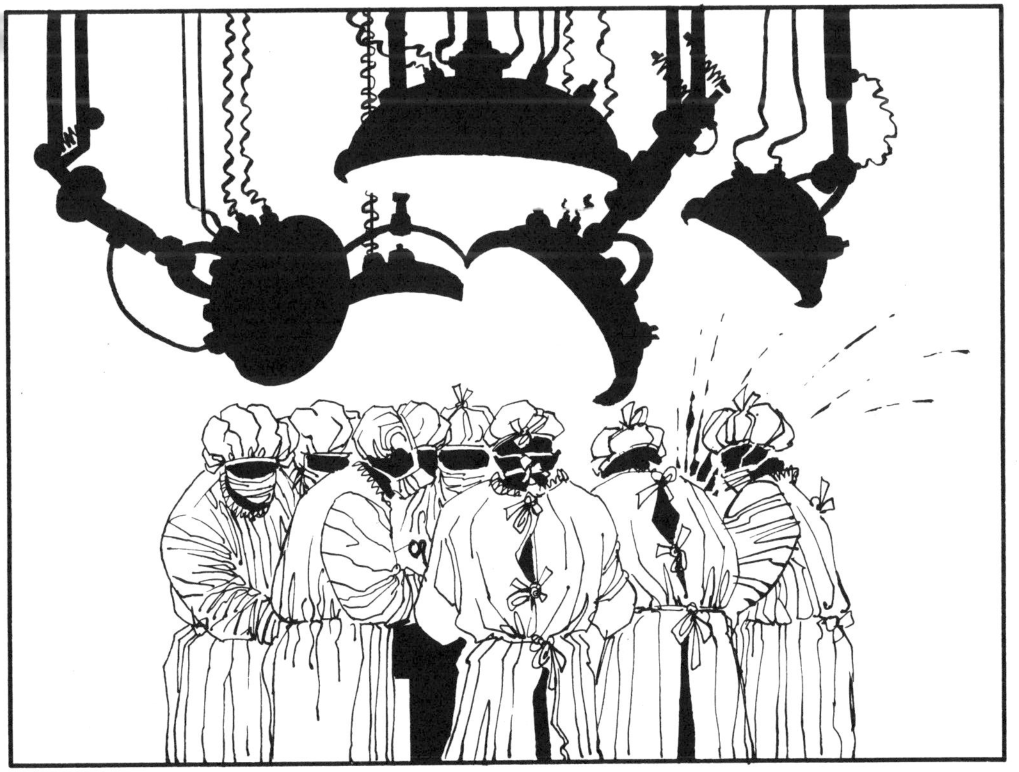

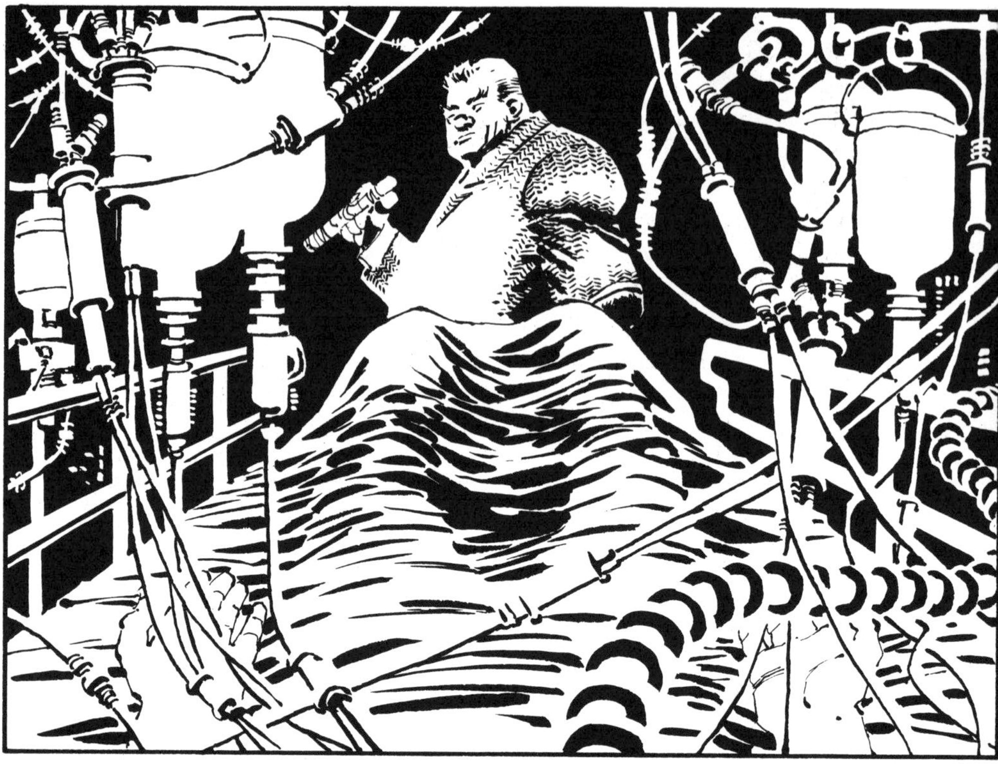

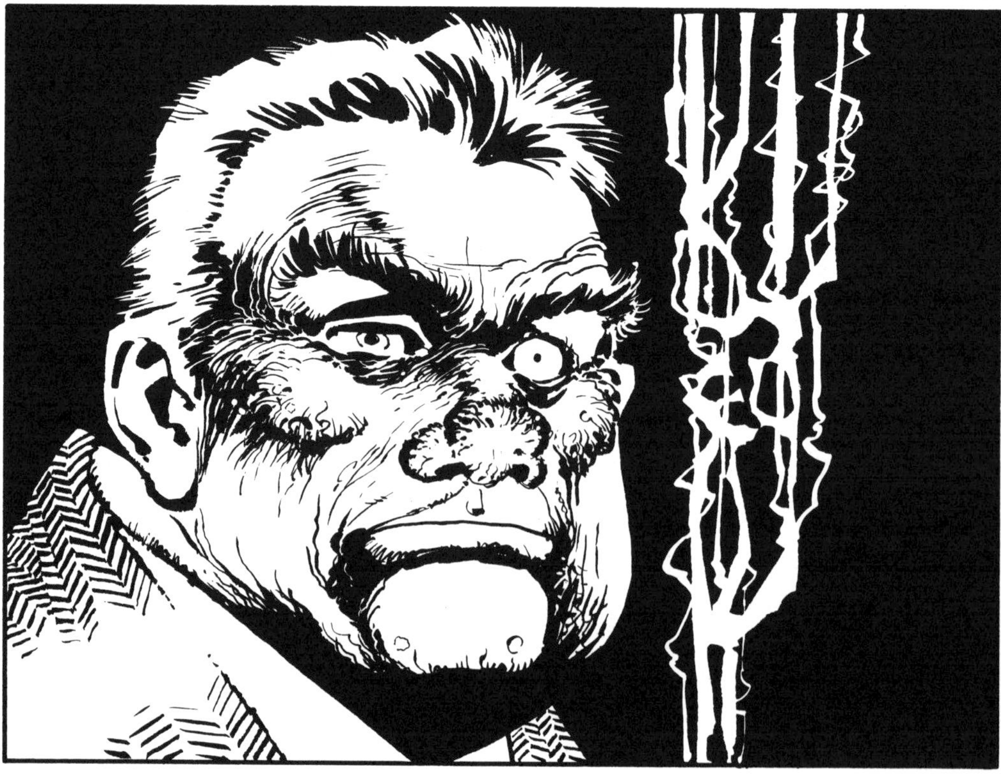

안녕하신가,
경관 나리.
내 소개는 생략함세.
자넨 책임감도 있고
세상 물정에도 밝은
훌륭한 시민이니
신문에서 날 봤지?

더욱이 올해는
선거가 있으니까.

날 모르진 않겠지.
내 힘을 자네에게
쓸 참일세, 가차없이.

오호라… 그 눈은 잘 알지.
나무에 못 박힌 고양이
같군 그래. 실제로 세상이
어떻게 돌아가는지를
처음 배운 조무래기
초선의원이랄까.

어디 알다 뿐인가.
난 그런 눈을 사랑해.
살맛이 나게 하거든.
봐도 봐도 또 보고 싶지.
넌 제대로 엿 먹은 거야, 알겠어?
그리고 누워 있으려니 차라리
그 부두에서 뒈졌으면 싶겠지.
안 그래, 이 염병할 경찰 나리?

염병할! 개 같은 짭새놈!
넌 끝장났어! 그게 뭔지 알기나 해?
지옥행 특급 열차를 탄 거다, 하티건!
이 몸이 널 지옥으로 보내주마!

네가 요만큼이라도
분별이 있었다면 이게 똥구멍에
꼬챙이 꽂힌 갓난애처럼
애원할 마지막 기회인 걸 알아챘을 텐데.
그렇다고 자비를 베풀진 않겠지만
빌어서 손해 볼 거 뭐 있나?
안 그래? 내 기다리지, 경찰 나리!
내 1분1초가 금쪽 같지만 말야!

…

허, 정말 걸작이야. 진정한 사나이. 굳세고 말없는, 골칫거리 하티건! 내 아들을 놔두라고 그리 눈치를 줘도 모르다니! 멍청하긴! 차 날려버렸을 때 감 잡았어야지! 널 보내버릴 셈이었거든! 너처럼 기록이 깨끗한 경찰을 보내기가 쉽지는 않지만 처음도 아니고! 아무렴!

완전히 보내버릴 셈이었지! 그런데 심장병 얘기를 들었어. 권고사직하신다고. 축하연이라도 벌이고 싶더군. 넌 사라질 거였지! 완전히 꺼지는 거였어!

그런데 웬걸! 넌 멈추지 않았어! 내 아들을 뒤쫓았지. 녀석의 귀를, 팔을 날리더니! 심지어 거시기까지 날려버렸어! 덕분에 코마 상태라지 뭔가! 로크 가문의 첫 대통령이 되었을 녀석인데…. 그런 내 아들이 네놈 때문에 뇌상에 남자 구실도 못 하는 병신이 됐어! 왜, 방아쇠를 당기니 뭐라도 된 것 같던가?

진정한 힘이 뭔지 한 수 가르쳐주지!

64

힘은 배지나 총에서 나오는 게 아냐.
엄청난 거짓말을 하고는 온 세상을 거기
놀아나게 하는 게 바로 힘이야.
사실이 아닌 줄 알고도 일단 네게 승복하게
만들면 게임 끝이지. 무슨 거짓말을 해도
환호할걸. 위대하신 우리 형님처럼 헛소리
나불대는 미친놈이 성자가 되는 것도
식은 죽 먹기지. 나? 마누라를
야구방망이로 죽도록 패놓고 염병할
지문을 가득 남겨놔도 내가 수마일
밖에 있었다고 성경에다 대고
맹세해줄 목격자들이 한 다스는
된단 말씀이야.

이 병원에, 어디 보자,
한 500명쯤 있으려나? 500명이야.
지금 널 벌집으로 만들면 모조리 그 총소릴
듣겠지. 난 여기서 총연이 피어오르는
총을 들고 웃고 있어도 체포되지 않아.
심문도 안 받지. 입도 뻥긋 안 해도 돼!
가만 있어도 알아서 덮어줄 테니까!

거짓말! 다 날 위해
거짓말을 하지. 중요한 놈들일수록.
안 그러면 자기가 한 거짓말들,
씬시티를 지탱해주는 그 모든 게 다
카드짝처럼 무너질 테니까.

네 불알 딱 한 쪽만 날렸으면 싶어서
근질근질해 죽겠군. 사실 못 할 것도 없지.
아무렴. 그냥 날리면 돼. 그러면
더는 주둥일 처닫고 있지 못하고.
꽥꽥댈 테지. 맛 좀 봐라, 짭새놈아!
니가 한 짓 그대로야!

그것도 거짓말이었어.
네 불알을 날린다는 소리.
그러지 않겠네. 아무데도 안 쏴.
천만에. 네놈은 튼튼하고
멀쩡하고 건강해져야 해.

심지어 내 돈을
들여서 수술을 더
시켜줄 참일세. 심장도
고쳐주지. 넌 죽지 않아.
그것도 아주 오랫동안.
보증하지.

66

네 놈은 그 어린것을
강간하고 내 아들을
쏜 죄로 고발된다.
여생을 감옥에서 보내는 거지.
오명 속에서 망가진 채.
외톨이로.

친구 하나 없는
외톨이로. 한 조각 희망도
없이. 마누라? 아서.
사실을 알면 죽어.

누구한테든
떠벌려봐….
누구든…
죽은 목숨이야!

사실이
아니라고만 해요, 존.
당신이 그 아이한테…
그건 아냐.
거짓말이라고만
하면 믿을게요.
알잖아요.

당신 말 한마디면 돼요.
당신은 내게 거짓말 못 해.
…그리고 만에 하나…
그게 사실이라도 방법은
있어요. 치료를
받으면…

빌어먹을, 존.
부탁이야!
말 좀 해요!

68

…안 돼! 날 피하지
마요! 어떻게 내게
이럴 수 있어!

뭐라고든
해봐요, 당장!
날 다시 보려면…
뭐라고든, 당장!

오,
이런.

빌어먹을.
지옥에나
가.

…산더미 같은 당신의 DNA 증거를
검토 중이고요…. 파트너의 증언…
목격자 여섯의 진술, 여기에…
당신이 아이들을 두고 음탕한 소릴
했다는 동료 셋의 증언…
거기다 본인의 침묵….
저도 제 역할은 하겠지만….

완전히
엿 먹었달
수밖에요.

이봐, 하티건! 뭣 때문에 그래?
왜 입을 닫고 있어? 수상한 냄새가
장난이 아니라구….
입만 떼면 우리도 끝까지 가겠네.
일단 저질러 보는 거야!

그러니
뭐라고 좀
해봐!

포기해,
모트.
무슨 할 말이
있겠나.

아무렴,
요강 비우고 엉덩이를
닦아드리죠. 일은 일이니
까요. 하지만 말상대는
기대 마요. 댁이 한 짓
다 들었으니까.

영원히
감옥에서
썩으라지!

69

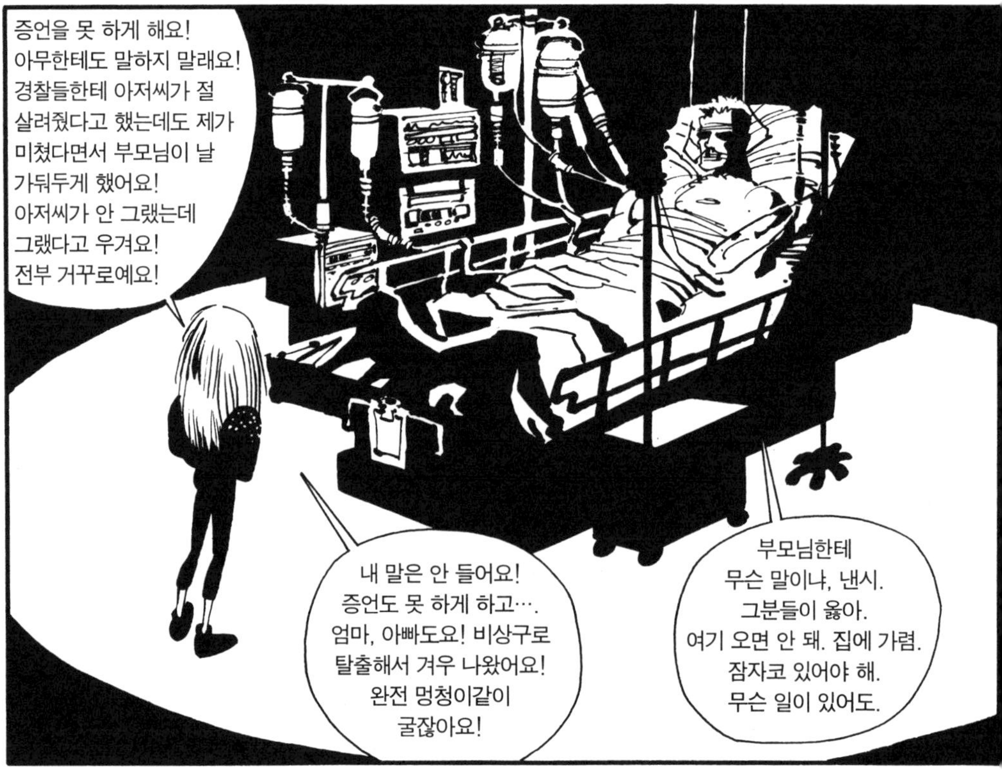

증언을 못 하게 해요!
아무한테도 말하지 말래요!
경찰들한테 아저씨가 절
살려줬다고 했는데도 제가
미쳤다면서 부모님이 날
가둬두게 했어요!
아저씨가 안 그랬는데
그랬다고 우겨요!
전부 거꾸로예요!

내 말은 안 들어요!
증언도 못 하게 하고….
엄마, 아빠도요! 비상구로
탈출해서 겨우 나왔어요!
완전 멍청이같이
굴잖아요!

부모님한테
무슨 말이냐, 낸시.
그분들이 옳아.
여기 오면 안 돼. 집에 가렴.
잠자코 있어야 해.
무슨 일이 있어도.

목소릴 높여서 좋은 게 없어. 날 구할 수는 없단다. 그러니 나 때문에 다치거나 죽으면 너만 손해야.

아저씨가 절 강간했대요! 검사도 안 해보고선! 검사를 하면 나한테 해로울 거라니! 웃기지 말라 그랬는데 소용없어요! 아저씨가 날 그 로크 악마한테서 구해줬다고 했는데! 처녀막 검사도 안 해요. 아저씨 덕분에 아직 처녀고 살아 있는데도요!

진실은 중요하지만 무시될 때도 있단다. 너만 제대로 기억해주렴. 그거면 돼.

싫어요! 약속 못 해요! 편지를 쓸래요, 하티건! 아저씨도 그건 못 막죠? 매주 쓸 거예요! 좋아! 그들이 날 죽인다구요? 머릴 쓰면 돼요! 진짜 이름을 안 쓰면 되죠, 뭐!

이제 그만두렴, 낸시. 그만두겠다고 약속해. 안 그럼 넌 죽게 돼. 찾아오지 말고. 편지도 안 돼. 내 이름은 입 밖에도 내지 마…. 약속해라.

'코딜리어'라고 서명할게요. 책에 나오는 멋진 탐정이에요. 매주 쓸게요. 언제까지나.

알았다. 자, 집으로 뛰어가렴. 위험해.

안녕, 낸시.

71

시간은 미끄러지듯 흐르고 흘러
이윽고 완전히 의미를 잃는다.
마취제의 무감각한 회색빛 아지랑이에서
깨어나자 법률 운운하는 염불과 끝없는
절차로 더 무감각해진다. 시작 전부터
모두들 끝을 아는 바보 같은 드라마.

짓지도 않은 죄로 수사당하고 침 세례를 받고
얻어터지고 기소된다. 분노, 안간힘,
초조함은 옛날 일, 이젠 아무래도 좋다.
내가 약속한 대가를 지불하는 것뿐.
어린 아이를 구한 뒤, 돌아서서 그 아이를
개들에게 던져줄 수는 없는 법.

도대체 말라깽이 낸시를 그 상원의원의
변태 아들놈에게서 구하고,
그 피바다가 된 선착장에서 왜 죽지
못했던가. 파트너가 내게 매그넘 탄환
여섯 방을 쏘아박고 내가 한쪽 발을
관 속에 들여놓았을 때.

아무렴, 그때 거기서 죽었어야 했다.
그랬어야 했어. 지금 소원이 있다면
오로지 그것뿐이다.

걱정은 옛날 얘기다. 아무것도 신경
쓰지 않는다. 모두 생판 남의 일 같다.

질척한 충돌음이 멎는다. 머리통이 어깨 위를
굴러다니고 입은 핏덩어리를 토해낸다.
시키지도 않았는데. 폐가 부풀어 무더운
먼지투성이 공기, 녹슬고 해묵은 공장 공기를
빨아들인다. 리보비츠 경사가 트롬본처럼
울리는 맥주 트림을 뱉어내고 낄낄댄다.
슬슬 열 받나 보군.

하티건,
이 영감탱이.
날 얼마나 고생
시킬 참인가!

엉덩이 바로 위
척추에 작은 근육 있잖나?
그게 늘어난 모양이야.
일주일은 똑바로
못 앉게 생겼어!

등짝이 삐끗하는 것보다 괴로운 건 없어…. 글쎄, 맞아. 있긴 해. 불알을 걷어차이거나 창자에 총을 맞거나, 맞아서 부러진 이를 뱉어내거나…. 방금 자네처럼 말야.

그래도 허리를 다치는 건, 누가 봐도 즐거운 일이 못 되지. 등을 대고 누워 텔레비전을 보면서 맥주를 빨자면 얼마나 아프겠냐고. 심지어 칼로 쑤셔대듯 염병하게 아파서 꼴리지도 않으니 그짓도 못 해. 개 같지. 사는 게 아냐.

자네가 나한테 하는 짓이 바로 그런 거야, 하티건. 덕분에 내가 사는 게 말이 아니라고. 아무리 공사를 구분하려 해도 자네 덕에 이 꼴이 뭔가!

존 하티건. 법과 질서의 수호자. 원칙주의자. 고귀하시고 천하무적이시고. 늘 나와 내 동료들 같은 진짜 경찰들을 깔보시지. 마치 우리가 썩은 고깃덩어리라도 되는 양.

내가 원한 품는 성격이 아닌 걸 다행으로 알아.

어떻게 그리 오래 버텼는지 알 수가 없단 말야. 염병하게 오랫동안 망가지지 않고 대쪽같이 군 데는 감탄해주지. 그렇지만 이젠 아니지, 이 친구야. 제대로 망가지고 있잖나!

그렇지만 자넨 여전히 거슬려. 알겠어? 난 그걸 인정할 아량쯤은 있어.

여전히 거슬린다고….
…따윈 들개한테도 안 던져준다는
눈으로 꼬나봐서가 아냐….

…아니, 그리고
팔이 1피트는 줄어드는 것
같고 등에 창검을 쑤셔넣은
기분이 들도록 그 낯짝을
다져놓는 동안 그저 묵묵히
버티는 것도 다 좋다고.

…자네 땜에
한잔 하러 못 가는
것도 상관없고.

아니. 정말 속이
뒤집히는 건, 진짜로
열 받는 건… 두 시간을
이러고 있자니까
이 라텍스 장갑 때문에
개같이 가려운 거야.

그 염병할
종이쪽에
염병할
서명 좀 하면
어때서.

얼마나
가려운지
알아!

빠◎호

사랑해요…. 말라깽이
꼬마 낸시 캘러핸이
몇 달 전 내 병실을
떠나면서 남긴
마지막 말이었다.

그저 아이일 뿐이다.
앞날이 창창한 열한 살짜리
말라깽이일 뿐.
이미 한 번 지켜준 그 목숨을
난 지금도 지키고 있다.
내 입이 굳게 닫혀 있는 한
놈들은 그 아일 이 지옥으로
끌어들이지 않는다.
그게 낸시를 구하는 거다.
내게 남은 건 그게 전부다.
말라깽이 꼬마
낸시 캘러핸.

걱정은 이미 옛날이야기다.
아무것도 상관없다.
난 껍데기, 허수아비,
두들겨 맞아 못 쓰게 된
퇴물이다. 내 안에는
아무것도 없다.
아무것도…. 다만…

다만 나로 하여금
꼬리를 말고 허위 자백서에
서명하지 못하게 하는
작은 불씨 하나가 있다.

도대체 자백서가
왜 필요한가? 필요한 증거는
모두 갖고 있을 텐데.
날 평생 썩히고도 남을 만큼.
심어둘 수 없는 증거는
날조했으니 수톤은 될 거다.
백 명인들 구속 못할까.
한데 왜 그 거짓말
한보따리에 내 날인이
꼭 필요한가?
모르겠다. 그들이 왜 굳이
그걸 원하는지도,
내가 왜 굳이 버티는지도.

놈들은 자백을 원한다.

놈들 뜻대로 해줄까보냐.

79

진찰 좀 할게요. 안 좋아 보여요.

어유, 멀쩡하고 팔팔한데, 태미. 건강의 화신이야.

≡카학≡

실례. 먼지가.

우와, 이봐. 저기 태미, 끝내주지? 올드타운에서 빌려왔어. 치료도 치료지만 네가 감옥에서 놓치는 게 뭔지 보여주고 싶었거든.

듣고 있나, 하티건? 올드타운 아가씨란 말야. 그 근처라도 가봤으면 무슨 얘긴지 알 거 아닌가. 바보짓 관두고 우리한테 장단 맞춰주기 시작하면 혹시 아나, 재미 좀 보게 될지.

내 주머니를 털 참이야. 이보다 더 친절한 제의가 어딨나, 늙은 친구!

봤어? 움츠러드는 거!
펄쩍 뛰어 오르는데!
사랑을 파는 올드타운
아가씨가… 돈도 마다할
만큼 싫은 거야! 역겹겠지!
자네랑 그 어린 여자애
얘길 늘었을 테니까!

자넨 끝났어. 완전 갔어.
그것도 까마득히.
이젠 아무것도 아냐.
경찰도. 남자도.

기다릴 게
있다면 오직
고통뿐이지.

얼마나
아플까… 얼마나
오래갈까가
궁금할 테지? 자네
하기 나름이야,
이 친구야!

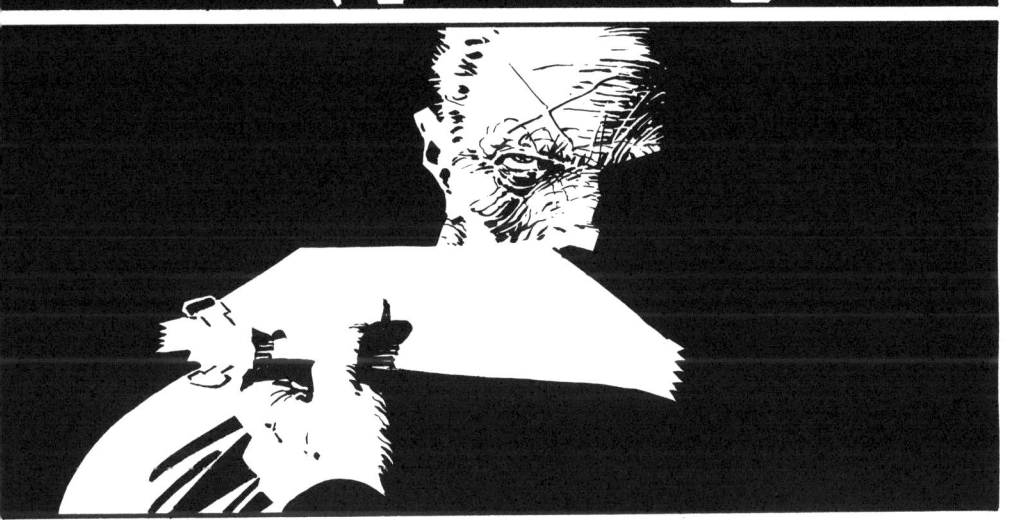

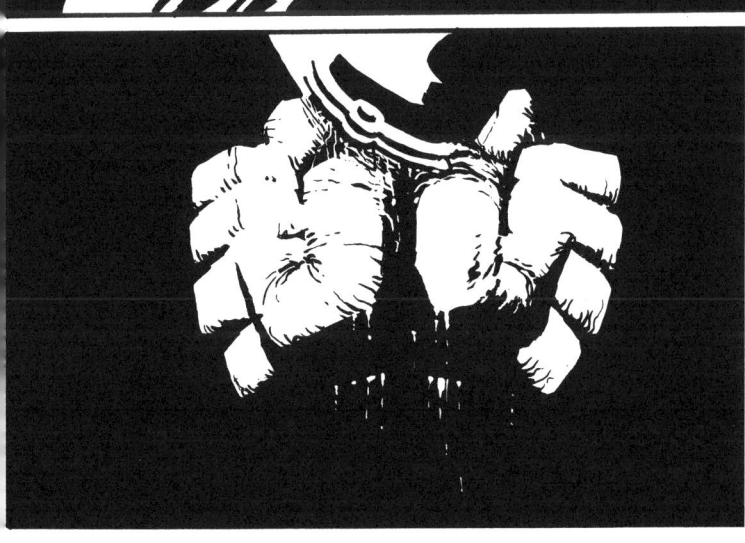

그저 고개만 끄덕이면 된다.
그러면 리보비츠의 주먹질도
멎고 수갑도 풀릴 거다.

어차피 유죄선고일 게 뻔하다.
아무리 발버둥쳐도
그건 바뀌지 않는다.

버텨야 할 이유가
하나도 없다.

얻을 건 없다. 아무것도.

리보비츠 말마따나 고통밖에.

갑자기 내 안의 뭔가가
뚝 하고 끊어진다!

헤라클레스의
힘이 솟는다!

리보비츠는
그대로 끝장이다!

헤라클레스의 힘!

신의 힘!

…아니.
틀렸다.
무슨 망상이냐.

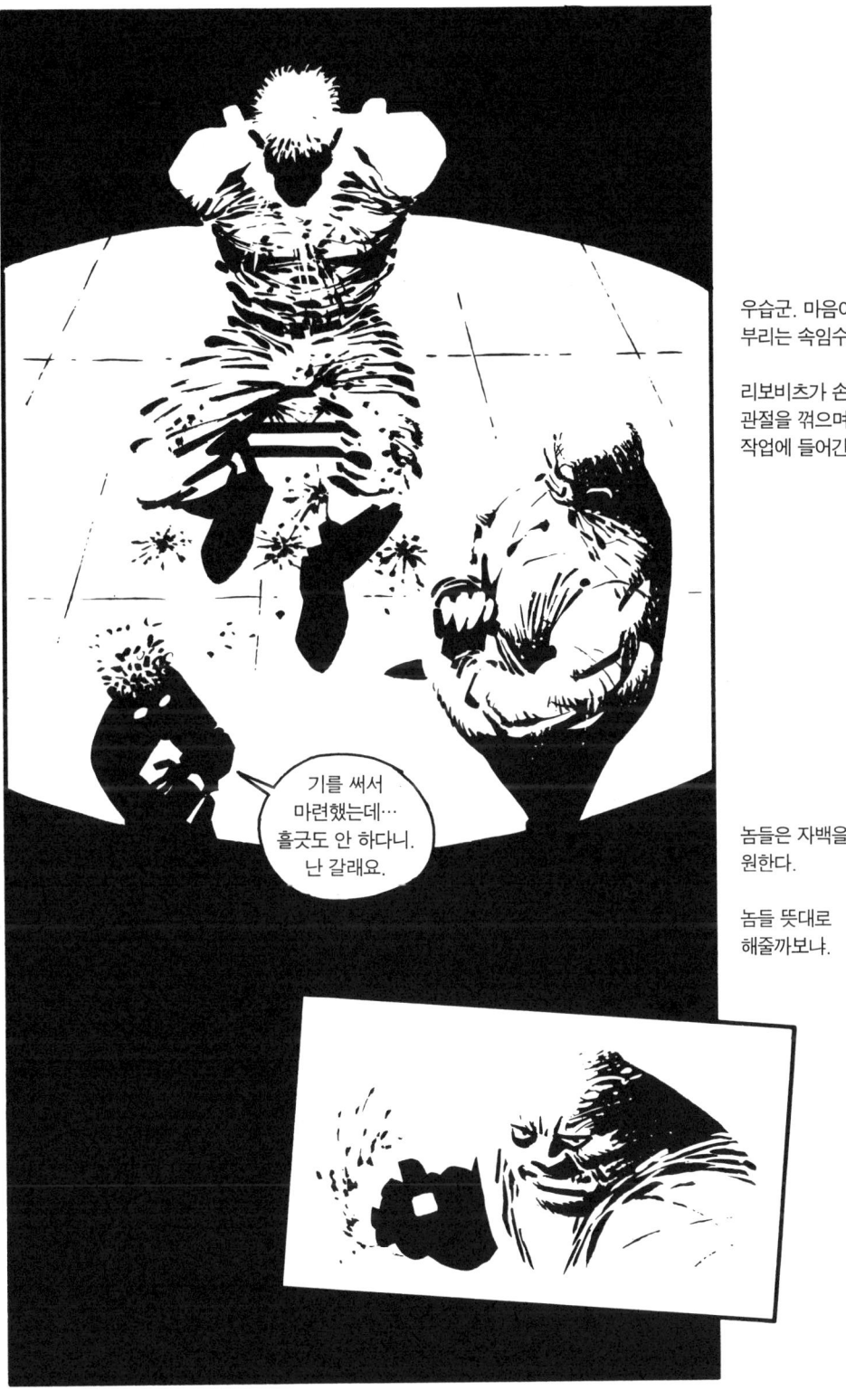

우습군. 마음이
부리는 속임수란.

리보비츠가 손가락
관절을 꺾으며 다시
작업에 들어간다.

기를 써서
마련했는데…
흘긋도 안 하다니.
난 갈래요.

놈들은 자백을
원한다.

놈들 뜻대로
해줄까보냐.

비명은 지르지 않는다.
불평은 입도 뻥긋 안 한다.
참기 힘들 때면 분노의
연설을 뱉어내던 로크를
떠올린다. 굴복하면
놈에게 마지막 승리를
안겨주는 거다.

독방에 처넣어진 나를 낸시의
편지가 기다리고 있다.
아이는 자기를 '코딜리어'라고
부른다. 약속한 그대로.
실마리는 전혀 쓰지 않는다.

한두 통쯤 더 보내고 나면 그 어린
마음이 다른 데 쏠리려니 했다.
그런데 목요일마다 매번 새 편지가
도착한다. 얼마나 기특한 아이인가.

고등학교 공부도
거뜬한가 보다.
엄청난 책벌레다.

매주 목요일.

편지를 집는 손이
떨리지 않게
안간힘을 쓴다.

매주 목요일.

어느 틈엔가 그녀는
첫 실연을 당했다.
그 사연은 절절하고도
아름답게 쓰여 있다.
책으로 내도 될 만큼.

내 유일한 벗이자,
둔 적 없는 딸. 소중하고
충실한 낸시. 사랑스런
나의 '코딜리어'.

말라깽이
꼬마 낸시
캘러핸.

여덟 해가
지났다.

보드라운 것. 살아 있어야 할 것.
열아홉 소녀의
오른손 검지여야 할 살과 뼛조각.

열아홉 소녀.

낸시.

로크가 갈망하던 비명이
마침내 터져나온다.
저 밖 어딘가 어둠 속에
그 자식이 있다.
놈이 이 늙은이의 힘없이
망가진 모습에 흡족해
큰 소리로 웃는 게 들리는 듯하다.

놈이 이겼다. 날 괴롭히고
걱정하고, 평온을 잃게 했다.
미친놈처럼 비명 지르고
엎드려 빌 태세로 만들었다.

낸시!

낸시!!

낸시. 힘없는 말라깽이 여자아이 낸시 캘러핸. 놈들이 찾아냈다. 낸시에게 손을 뻗쳤다. 나가야 한다. 나가야 해.

도대체 무슨 수로 찾아냈지? 그렇게 조심을 했는데. 이름도 하는 일도 말하지 않았다. 어디 사는지, 뭘 하고 노는지도 실마리를 주지 않았다. 놈들을 인도할 무엇 하나 밝히지 않았다. 그 오랜 세월 그 숱한 편지 속에 단 한 번도.

그 숱한 편지. 그 오랜 세월. 말라깽이 꼬마 낸시 캘러핸. 내 유일한 벗. 둘 적 없는 딸.

나가야 한다. 구해줘야 해. 다른 건 아무래도 좋다. 뭐든. 내 인생쯤… 자존심쯤

그들이 원하는 건 하나뿐. 내 옛모습의 마지막 한 토막. 그거면 충분할 테지.

간수를 부른다. 전화 사용 허락을 받는다. 고분고분하게.

염병할, 고분고분하게.

로크, 네가 이겼다.

날 때려눕혔다.

루실은 한 시간이나 일찍 나타났다.
1마일쯤 뛰어온 양 숨을 몰아쉬면서.
머리칼에는 눈송이가 붙어 있고
눈동자에는 거친 불꽃이 춤춘다.
여자라곤 8년 만에 처음 본다.
다리에 힘을 주고 가까스로 일어선다.

루실은 내 재판을 포기하려
하지 않았다. 변호사를
그만 고용하라고 하자
거의 날 칠 뻔했다. 그리고
내가 무죄변론을 거부하자
진짜로 쳤다.

그리고 내 결심을
들으면 아마
또 한 방 날릴 테지.

오해는 얼어죽을! 독방에서 혼자 처박혀 있더니 뇌라도 삭았어요? 이젠 끝났어. 누가 자길 모함했는지는 바보라도 알걸. 로크 의원은 신이 아니야.
법이 우리 편이야. 언론도. 개자식… 제대로 뒤통수 맞는 거지! 자길 위해 타석에 설 동료 경관도 있어요. 위대하신 의원님, 변태 아들놈에 대해 할 말이 꽤 많대!
나 때문에 괜히 헛고생했군. 루실, 말할 게 있소….
봉급은 쥐꼬리 같고.
이야긴 나중에! 지금은 듣고 보고 배워요. 난 옛날의 코흘리개 꼬마가 아니 닥치고 맡겨둬요, 하티건! 이런 건 내 전문이에요!
그야 그렇겠지. 하지만 오해요. 전부 다.

틀려. 뭔가 있어.
냄새가 나는걸.
놈들이야, 그렇죠.

난 그래야
하오.

인생 헛살았어.

이럴 순 없어!
굽히지 않아!

뒤틀리고 야비한 아동
강간범이라고 자백하고
그들이 뭐라 하든
인정할 거요.

방 안은 공기가 희박하다. 목이 너무 말라서 목소리가 골골거린다.
여러분, 이 기회에 너무나 감사드립니다. 제가 어찌 감히….
잠깐만, 하티건 씨. 진술 전에 연설을 자청하신 손님이 있습니다.
의원님?
안 돼….
무슨 수작이야?
고맙소, 부인. 짧게 이야기하겠소. 요점만.
요점은, 친구 여러분. 원칙이오. 정의라는 명분에 대한 내 헌신은 잘 알려져 있소.

이자는 나에게 낫지 못할 쓰라린 상처를 주고 내 아들을 빼앗았지! 이자를 경멸하고 매일 밤 꿈에서 목을 조른다오! 그가 죽음의 고통에 몸부림치는 소리를 듣는다오!

고통스러웠소…. 떨었고 울었고 기도했소. 그의 심장을 쥐어뜯게 해달라고! 하지만 그건 정의가 아니오! 악을 악으로 갚는 일일 뿐이오!

못 해.
자백 못 한다.
바로 여기 놈이 있는 한 그 낯짝에 대고서는.

못 해.

하티건…, 결정은 위원회의 몫이지만 자네가 정말로 뉘우치고 있다면… 실로 여생을 죄를 갚는 데 보내려한다면… 마음속에서 자네를 용서할 수도 있을 것 같군.

놈들이 듣고 싶어하는
모든 것을 말한다.
놈들이 원하는 그대로.

놈이 웃는 건
아니다.
내 상상일 뿐.

사랑한다,
낸시.

로크의 눈을
똑바로 들여다보며
사과한다.

시내까지는 머네,
하티건. 태워줄까?

아무렴, 모트.
경찰서행만 아니면.

119

모트, 자넨 좋은 남자지만 좋은 경찰이기도 하지. 그건 자네를 믿을 수 없다는 얘기야. 자네는 판결에 납득하지 않겠지.

줄곧 파헤치고 감시할 테지. 로비에 감시원을 배치해놨을 게 뻔해.

바로 전화번호부에 나와 있군. 낸시 캘러핸. 노스 컬버 거주.

범죄자답게 빠져나가자.

거리로 나선다.
그저 저녁 산책 중인
노인네로 보일 테지.
로크가 바라는 대로
움직여주는 거다.

한데 놈은 뭘 바라지?
그저 엽기적인 놀이?
이미 끝장난 늙은이를
고문하려고 이 모든
수고를 감수하는 건가?
아이가 파리의 날개를
떼어내고도 모자라
몸통을 찌르듯이?

그리고 낸시는?
어떻게 찾아냈지?
무슨 짓을 했지?

호텔에서 10블록쯤 가서 택시를 잡아탄다.
20분쯤 달리자 언덕 위에 납작하게
흩어져 있는 깜찍한 콘도촌이 나타난다.

나쁘지 않아.
잘 살고 있나 보군.
놀랄 것 없지.
영리한 아이니까.

층계참 세 개를 지났을 뿐인데
허벅지를 칼로 쑤시는 기분이다.
낡아서 덜덜대는 압축기마냥
숨이 가쁘다.

이윽고 열려 있는
낸시의 방 창문이 보인다.
잠깐 숨이 멎는 기분이다.

아무것도 없다.
사람의 흔적도.

난장판이군. 책들.
흩어진 종잇장들.

책. 종잇장.

읽고 공부하고
쓰는 것밖엔
안 하는 건가.

책들. 종잇장들.
들어본 적도 없는
작가들에 대한 논문.

개인적인 건
거의 없군. 일기도,
전화번호나 주소도
전혀 없다.

그나마 있는 건
삼류 업소의
성냥갑인데.

가능성은
희박하지만,
친구가 거기
있다든가.

그럴 리야
없겠지만.

실마리라곤
이것뿐이니.

슬쩍 훑어봤을
뿐이지만 절망적이군.
막다른 골목이다.
빌어먹을. 이런
낙오자들하고 낸시가
무슨 상관이 있다고.

그렇지만 만약 여기서
뭔가 찾는다면…
작은 실마리라도…
사소한 길잡이라도….
낸시가 어디 있는지를,
그녀를 납치하고
도대체 무슨 짓을
했을지 모를 그 놈을
알 수만 있다면….

아냐. 진정하자.

왕년의 경찰답게.

돌아버리지 말자.

침착하자.

머리를 쓰자.

날 비웃었어,
나의 에이바가. 그러고는
나 따윈 안중에도 없이
떠나버렸어.

어휴,
그만 좀 하지,
드와이트?
벌써 한 달
째야!

실례, 아가씨.
좀 도와주겠소?
누굴 좀 찾고
있는데.

그야 이렇게
추운 밤이면
다들 누굴 찾죠.
잘해보세요.

그게 아니오.
친구요. 낸시.
낸시 캘러핸.

다들 낸시를 찾죠. 무대로
눈을 돌려봐요, 순례자 양반.
막 몸풀기 시작했으니.

말라깽이 꼬마 낸시 캘러핸.
그녀는 완연히 자랐다.
살도 붙었다.

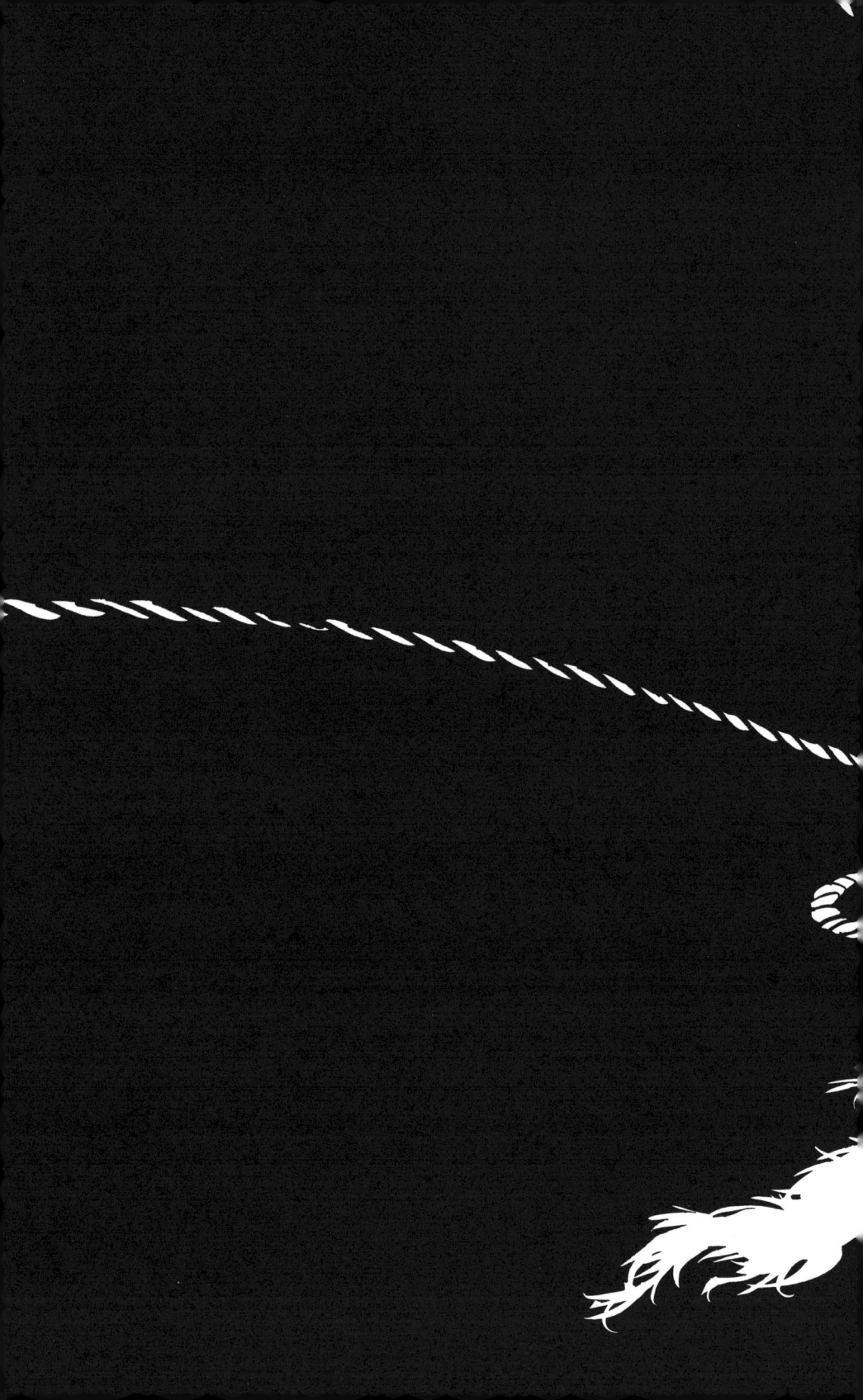

낸시 캘러핸.

열아홉 살.

낸시는 관객들을
폐색 지경으로 몰아간
뒤에야 한숨 돌리며
공기보다 가볍게
떠올라 돈다.
구름 속을 춤추는
천사인가.

책벌레를, 안쓰럽도록
수줍음 타는 말라깽이
꼬마를 기대했다.
그 오랜 세월,
그 숱한 편지에서
어찌 그리 자신을
드러내지 않았을까.

낸시는 자신에 대해
말한 게 없는데
도대체 어떻게
찾아냈을까?

순간 깨달았다.
못 찾았구나.

못 찾은 거다.
찾은 척했을 뿐.

8년이라는 세월 동안
머릿속이 혼탁해져
조잡한 속임수에
넘어가기만 기다렸나.
적중이다.

드와이트…
거울 좀 봐.
꼴이 말이
아니야, 자기!

알아.
미안해.

에이바였어.
약혼을 깨고
부자놈과 떠났어.
나 좀 돌았나봐.
상사를 쳤거든.
해고됐어.
한심하지.

다 들었어, 자기.
그렇다고 이렇게
곤드레만드레 되면
어떡해. 집에
태워다 줄게.

아 셸리…,
맘 약하긴….

어리석은 늙은이!

놈들이 여기까지
따라왔다면…
내가 놈들을
곧장 낸시에게
데려온 셈이다!

바로 등 뒤다….

그 냄새….

쿠웨엑

미안, 셸리.
정말 미안해.
난 한심한
놈이야…

얼른
일어나요,
드와이트.

정말
명물이야,
낸시는. 두고
봐, 내가…

꿈도 크셔.

침착하자, 늙은이.
정신 차리자.
아직 완전히 모든 걸
망친 건 아냐. 아직은.

낸시는 아직
널 알아보지 못했어.
넌 그저 스트립쇼에
한눈 팔린 발정 난
전과범일 뿐이야.

진정하자. 아직
널 알아보진 못했어.

진정해. 돌아서서
걸어나와라. 그러면
낸시는 무사하다.

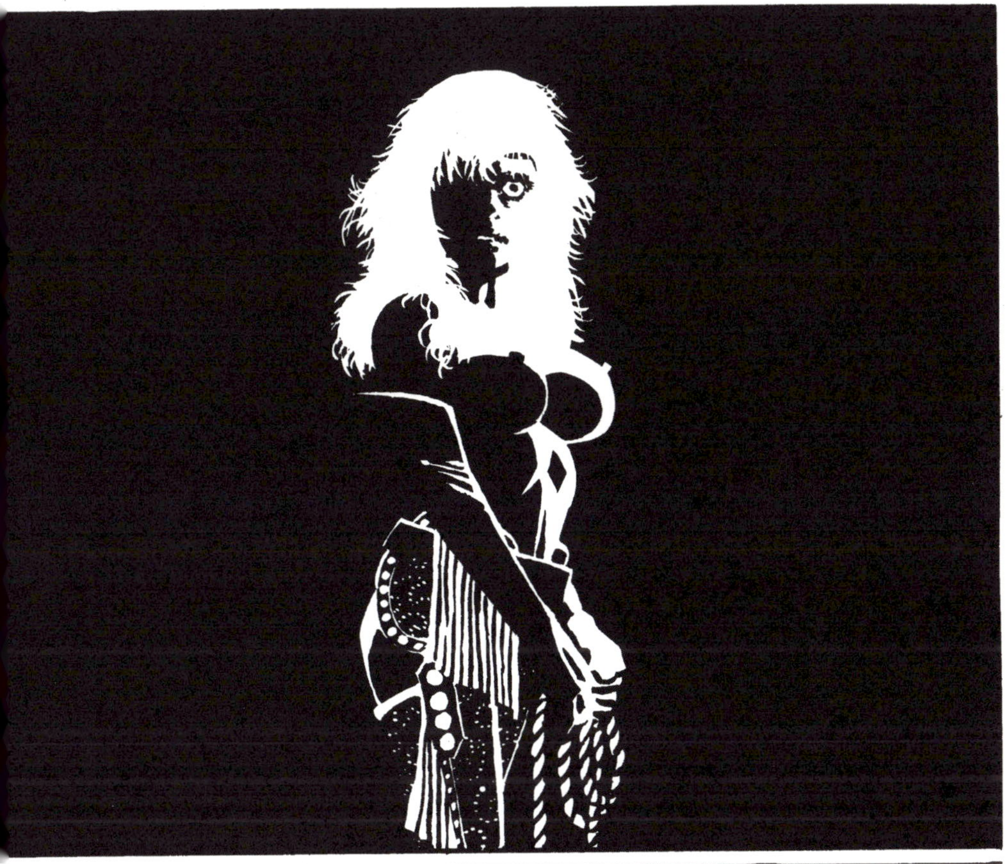

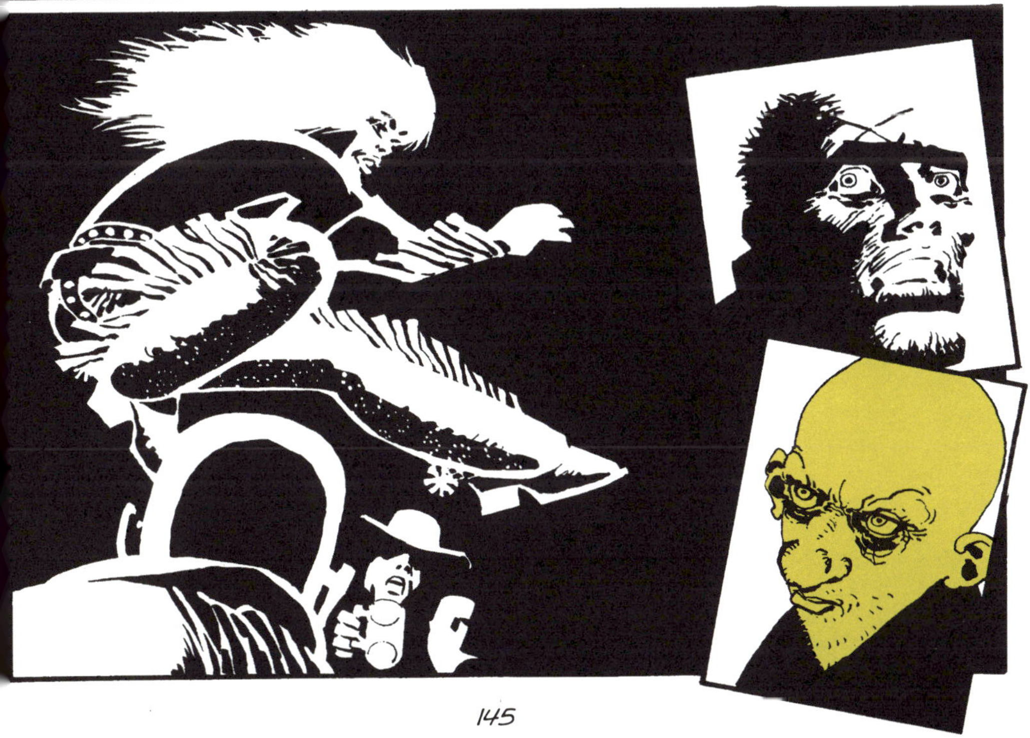

낸시…, 설명은 나중에 할게. 끔찍한 실수를 저질렀다. 넌 위험에 처했어. 얼른 여길 나가야 해. 당장.
말 들을게요, 하티건. 위에 뭐 좀 걸치고요.
날 잊은 줄 알았어요. 바보 같은 편지도.
바보 같긴. 그 덕분에 견뎠는데. 아니면 자살했을 거다. 자, 얼른.
낸시는 시체라도 숨을 몰아쉴 윙크를 보낸다.
10분이 기어간다. 괴물의 낌새는 없다. 더 불안하다.
그래서… 낸시의 삼촌쯤 되시나? 내 대신 얘기 좀 해주쇼. 보시다시피, 난 예술사진 전문가라오. 상도 많이 탔지….
KISS ME I'M GREEK

됐어. 이거면.

장전도 돼 있어요. 사격장에서 쏴봤는데 반동이 엄청나요.

하티건…, 할 말이 너무 많아요. 늘 당신 생각을 했어요. 밤에 잠자리에 들면….

당신 생각에 밤을 새곤 했죠.

무슨 소리….

파파팟
파파

빌어먹을!

아아앗!

나이를 먹고도 난 정말 멍청해요. 신을 다시 만나기만 하면 내가 얼마나 강해졌는지 보여주겠다고 다짐했는데. 좀 보라지. 겁먹어서. 무력하게.

멍청이! 멍청이!

그만둬. 진정해.

낸시…, 네 집에 갔었다. 창문이 열어젖혀져 있더구나. 방은 거의 텅 비었고. 그래서 네가 납치당했다고 확신했지.

난 늘 사람 대하는 게 서툴다. 그건 내 전처가 입증할 거다.

충격 받은 열아홉 살짜리 아이를 진정시키는 건 중풍환자가 파이프 렌치를 가지고 뇌수술을 하는 것보다 어려운 일이다.

창문이요? 아, 이런… 또 도둑이야! 올해만 세 차례예요!

우선 좀 앉으렴, 낸시. 앉으면 좀 나을 거야.

찍찍

157

크르럭

낸시가 가까스로 진정했다.
한데 진짜 문제는 이제부터다.
그녀의 눈동자가
눈물을 머금고 빛난다….

늘 당신뿐이었어요,
하티건. 그 오랜 세월.
남자친구도 사귀어봤지만
늘 뭔가 달랐어요.
당신이었어요. 늘.

예민해져서
헛소리를 하는군.
피곤한 게야.
자야지.

같이
자요.

관둬, 낸시.
헛소리 마.

8년이에요.
왜 줄곧 편지를 쓴 것
같아요? 그저 고마워서?
남자애들을 사랑하려고도
해봤어요. 그렇다 믿었죠.
하지만 난 이미 사랑에
빠져 있었어요….
당신과.

그만 됐어, 낸시.
난 네 할아버지뻘이야.
겁나서 그런 것뿐이야.
진정되면 괜찮아.

안 돼, 맙소사.

맙소사! 누가 뭐래도 이건 말도 안 돼!

안 돼. 넌 그저 어린애일 뿐이야! 그뿐이다, 낸시!

사랑 해요.

나도 사랑한다. 온 마음으로.

CHAPTER SIX

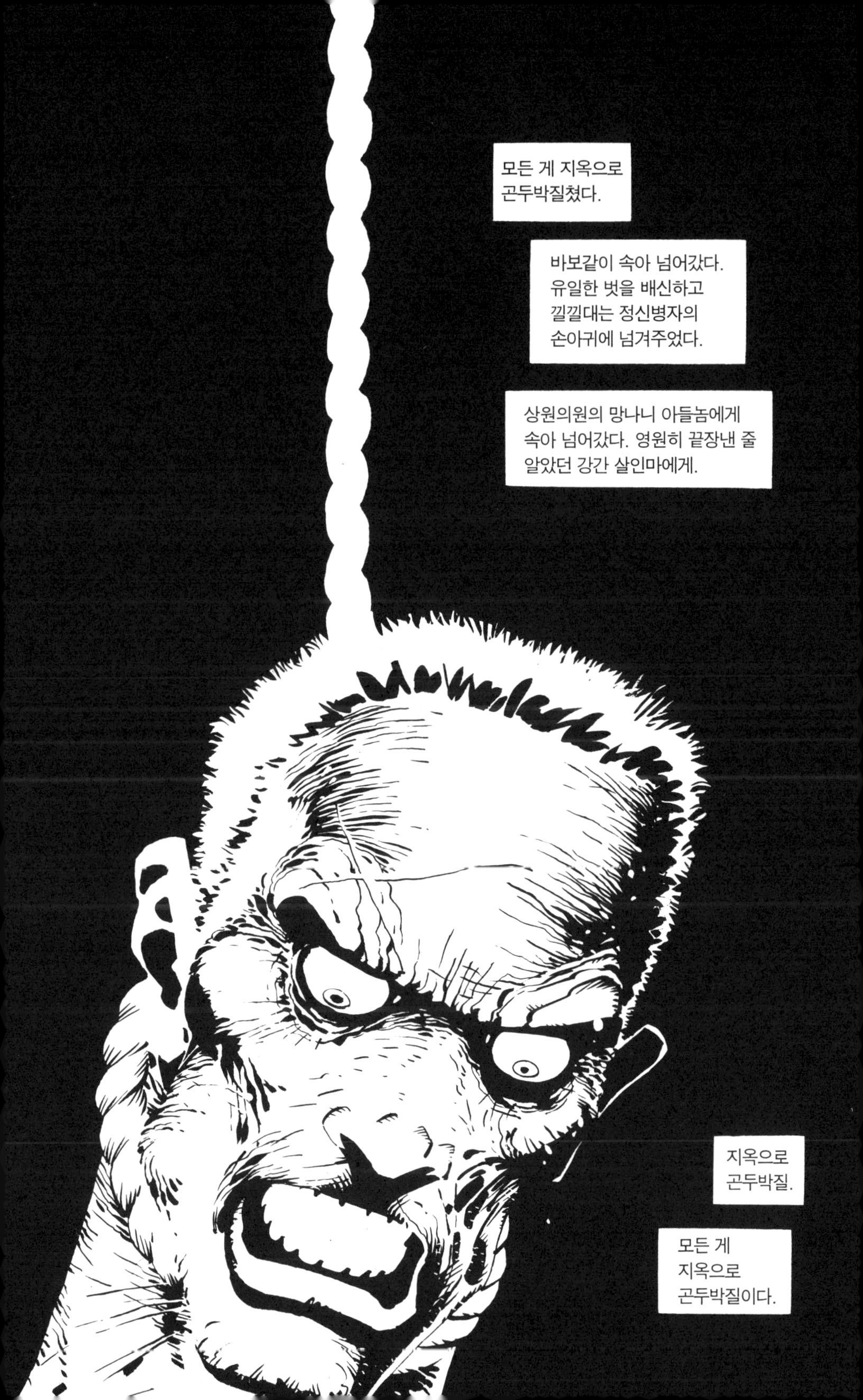

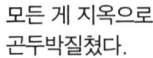

모든 게 지옥으로
곤두박질쳤다.

바보같이 속아 넘어갔다.
유일한 벗을 배신하고
낄낄대는 정신병자의
손아귀에 넘겨주었다.

상원의원의 망나니 아들놈에게
속아 넘어갔다. 영원히 끝장낸 줄
알았던 강간 살인마에게.

지옥으로
곤두박질.

모든 게
지옥으로
곤두박질이다.

약간만 뒤틀어도…
약간만 헛디뎌도…
게다가 밧줄은
점점 조여온다.

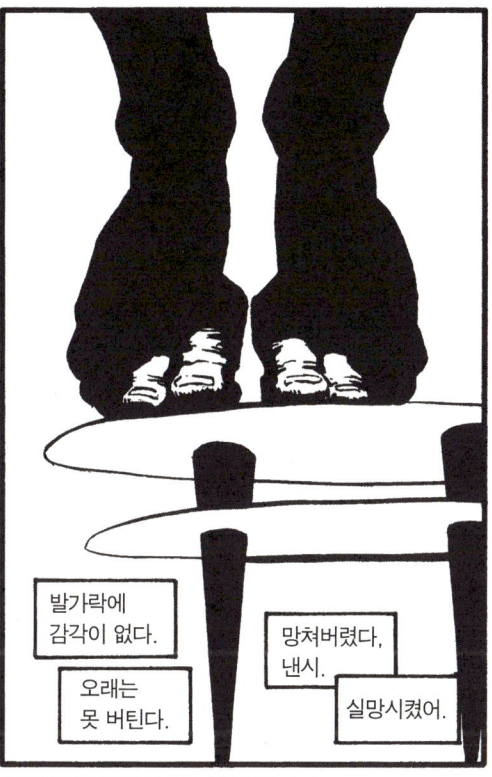

발가락에
감각이 없다.

오래는
못 버틴다.

망쳐버렸다,
낸시.

실망시켰어.

완벽하게, 허투루 듣지 마.
이 무능한 똥통! 안 그럼
아빠한테 이를 거야.

곰인형은
깨끗이 빨아놨겠지!
도구는 모두 날이
서도록 손질해 놔!

맞아! 준비해,
그것도
완벽하게!

하하하
하하
한하

난 뭐든
못할 게
없어!

소중한 '코딜리어'.

도대체 누군지 궁금했지 뭐야. 실마리가 통 없었거든.

영리하고 예쁜 아가씨야. 좀 더 어리면 좋았 겠지만…

그렇지만 이번엔 넘어가줄게.

참아, 낸시.

무슨 짓을 당해도 비명은 참아.

과연 그럴까?

난 소중한 낸시한테 하룻밤을 꼬박 들일 거야…. 그동안 넌 자책이나 하면서 죽어버려!

아무렴. 비명 지르게 돼. 다 그랬거든, 하티건! 수십 명! 아니 백 명쯤인가! 8년간 그 모두가 비명을 질렀다고! 이 근방에 인간들이 너무 많지만 않아도 어떻게 낸시를 비명 지르게 만들지 보여줄 텐데.

염병할, 끝내주는 쇼일 거야!

아쉽지만 이별인가.

...

끝이다.

더는 싸울
수 없어.

희망은
떠났다.

기회도.

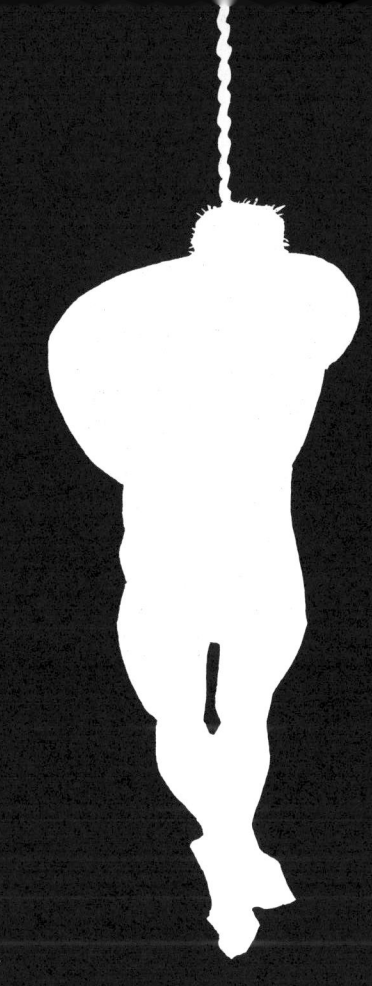

이걸로
끝.

이걸로.

끝.

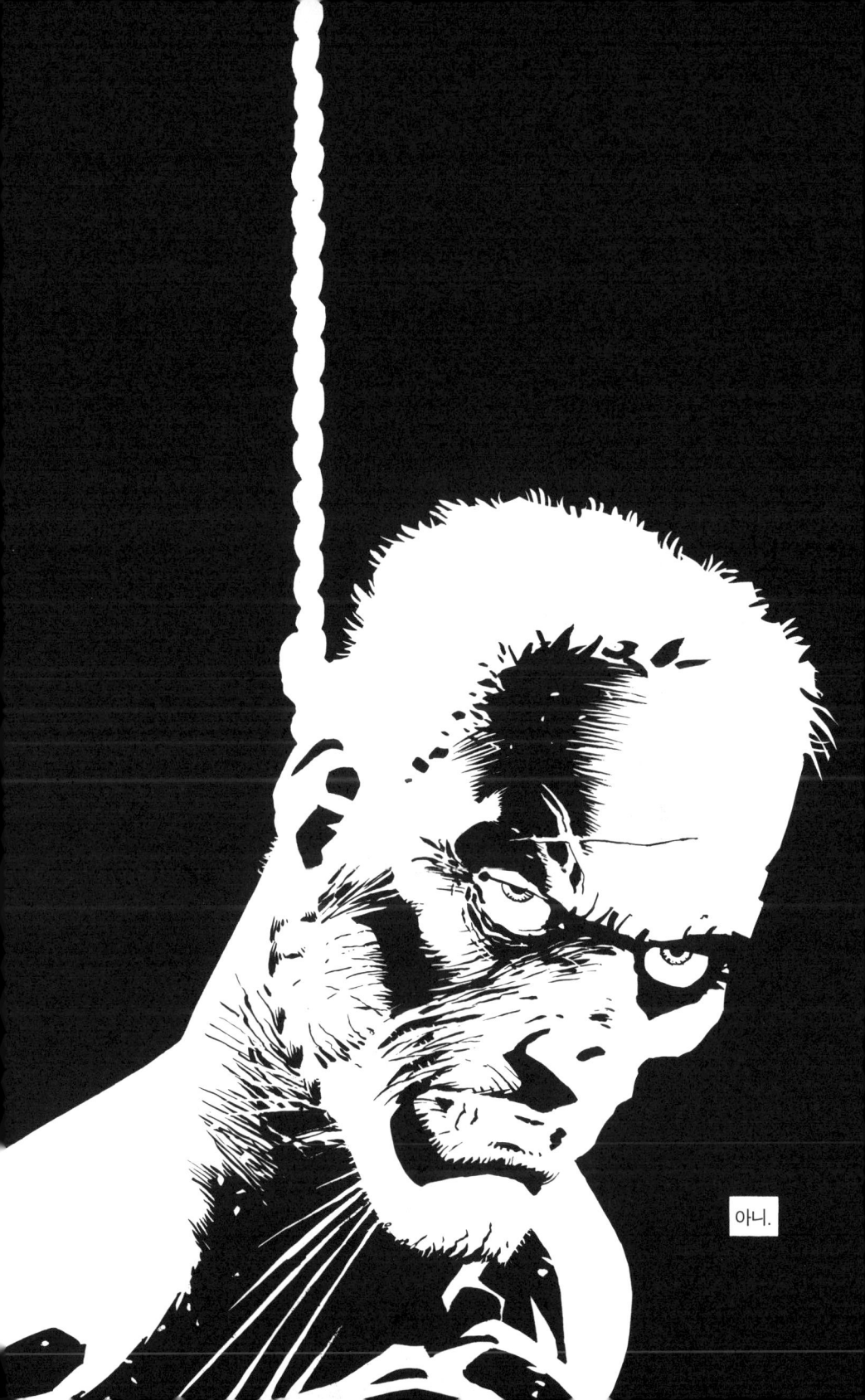

아니.

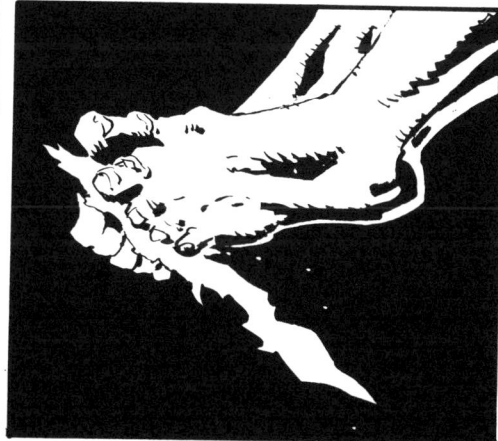

정당한 작금의
내 노여움이 허락한다면
강조할 점이 있는데,
그대는 이전에도 명시적으로
천명한 눈앞의 임무영역
한계에 대한 업무 이해도
거의 갖고 있지 않소.

예의 임무에 관련하여
이제 그대에게 질의를
내놓겠소.

예의 질의는
본질적으로 엄격히
공간적인 것이오.

최고로
유선형에 트렁크
부재인, 그 점은
대실책이지만, 아무튼
이 운송수단 어디에
최근 사망한 수하물을
적재한단
말이오?

그럴법한
관심사요, 명료하게
설명된…

…또 나는 우리의
통합된 지혜가
그대가 말한 하찮은
이론적 말썽에 해결의
그림자를 드리울 것에
대한 측량할 길 없는
확신을 갖고 있소,
미스터 클럼프

그 확신은 나를
고무시키지
못하오, 미스터
슐러브.

공포에 가까운
당황을 표시할 수
있을 따름이오!

그대의
소스라침을 공유하오,
미스터 클럼프.

증거는
우리의 사냥감이
도망쳤음을 입증
하고 있소!

나로 하여금 예의 사냥감의 부재는 이제 우리가 조우한 두 가지 가능성 중 더 바람직한 쪽이라고 말함을 허락해주오.

애타게 동의하오, 미스터 클럼프.

로크의 데이트 장소를 불어. 빌어먹을 모가지 보전하려면.

쉬운 말로, 이 등신아.

그 해답은 전원의… 심지어 토지의 것이라오.

농장.

농장. 그거면 충분하다.
경찰이면 누구나 로크
가문의 농장을 안다….
그리고 가까이
가지 않는다.

곁길을 택한다. 훔친
차를 모는 전과자답게.

수많은 늙은이들이
스포츠카를 고르는 것도
당연하다.
페라리의 운전대는
천국의 선물이다.
마치 스무 살 청년이
된 기분이군.

하지만 벌써 50년은
지났다, 이 늙어빠진
얼간아. 그걸 잊지 마라.
한계를 알아야지.
돌격은 금물이다.
할 수 있는 한 영리하고
야비하게 나가라.

뒷거울 속에서
씬시티가 쭈그러든다.
외로이 동틀 녘을
기다리는 창녀처럼
쭈글쭈글하고
피로에 지친 채.

계기판의 시계를
확인한다.
도착한 뒤에도 얼마간은
밤이 어둠의 장막을
제공할 것이다.
그건 중요하다.
나로서는 그게 뭐든
조금이라도 아쉬운
상황이다.

하지만 만약 이 모든 게
다 헛수고라면.

어쩌면 낸시는 이미
죽었을지도 모르는데.

슐러브와 클럼프는
아예 무기고를
차렸군. 일단 판이
벌어지면 이것들이
필요해질지도
모르지.

철떡!

그렇지만
일단은
조용히 간다.

조용하고
약게.

이동주택 주차장에서 탁 트인
농지로. 겨울의 침묵. 시간이
없다. 제발 살아 있기를.

낸시의 차다.
농장은 앞으로 6마일.

여기서 뭔가 있었다.
이상한 일이.
뭔가 잘못됐다.

틀려.

틀려. 오히려
그 반대다!

이 고물은
나밖에 못 몰아요.
그렇게 말했지.

똑똑한 아이다.
차가 그 노란 녀석의
발목을 잡자
재시동 방법을
알려주지 않았군.
입을 꽉 다문 거야.

입을 꽉 다물었어.
배짱이 있다는 얘기다.
도련님이 패악을
부렸을 텐데.

그 망나니 놈이
엄청 꽥꽥댔겠지.
마구 때리고 무섭게
난리쳤을 텐데.
넌 세게 나왔어.
넌 입을 열지 않았어.
차를 부르게 만든 거다.

놈은 차를 불러야
했을 테고 기다려야
했을 거다.
그건 시간이 걸리지.
귀중한 시간.

똑똑한 아이.
몇 분은 더 벌어줬군.
기회는 있다.

계속 세게 나가라,
내 소중한 것.
놈에게 비명을
들려주지 마라.

놈이 무슨 짓을
하더라도 비명만은.

비명만은.

끼익

끼깍
끼깍

끼깍

농장.

신참이 한 일주일쯤 되면
썩은 눈을 한 고참이 귀띔해준다.
노스크로스와 레녹스에 있는
농장에 대해서는 묻지 마라.
생각조차 금지다. 가면 그 길로
사라진다. 시체조차 안 남는다.

거기서는 아주 오랜 세월
아주 나쁜 일들이
일어났다. 수세대에 걸쳐.
도련님의 그런 성벽은
집안 내력인 거다.

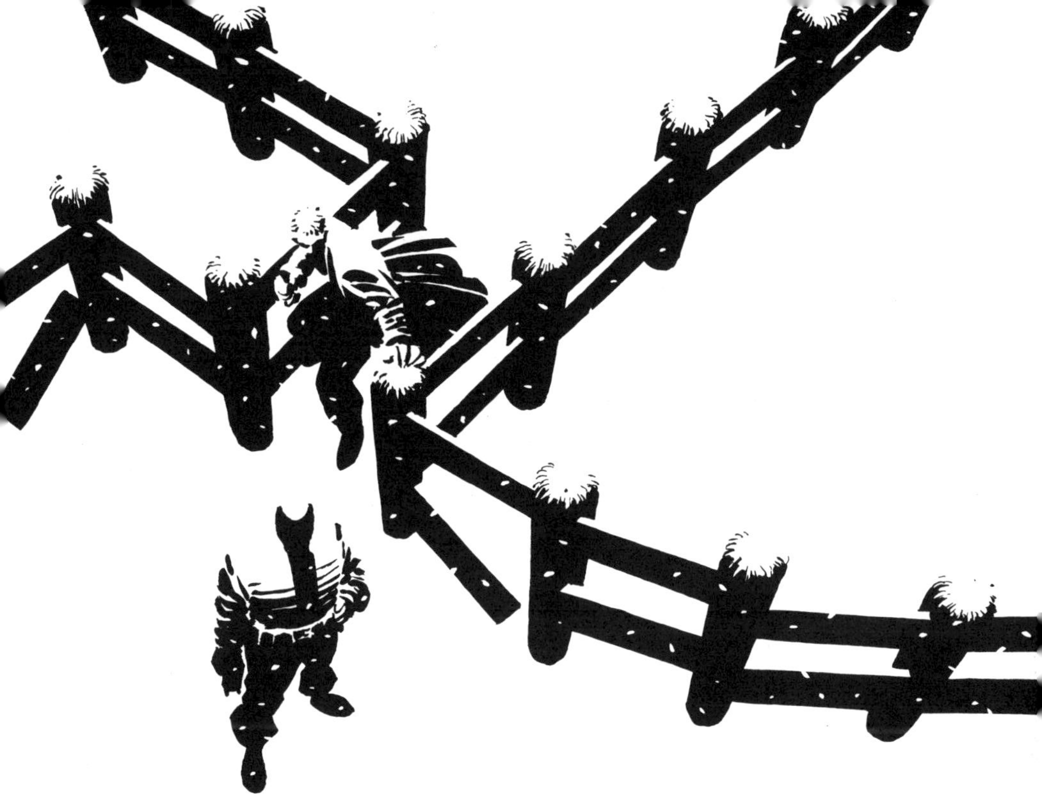

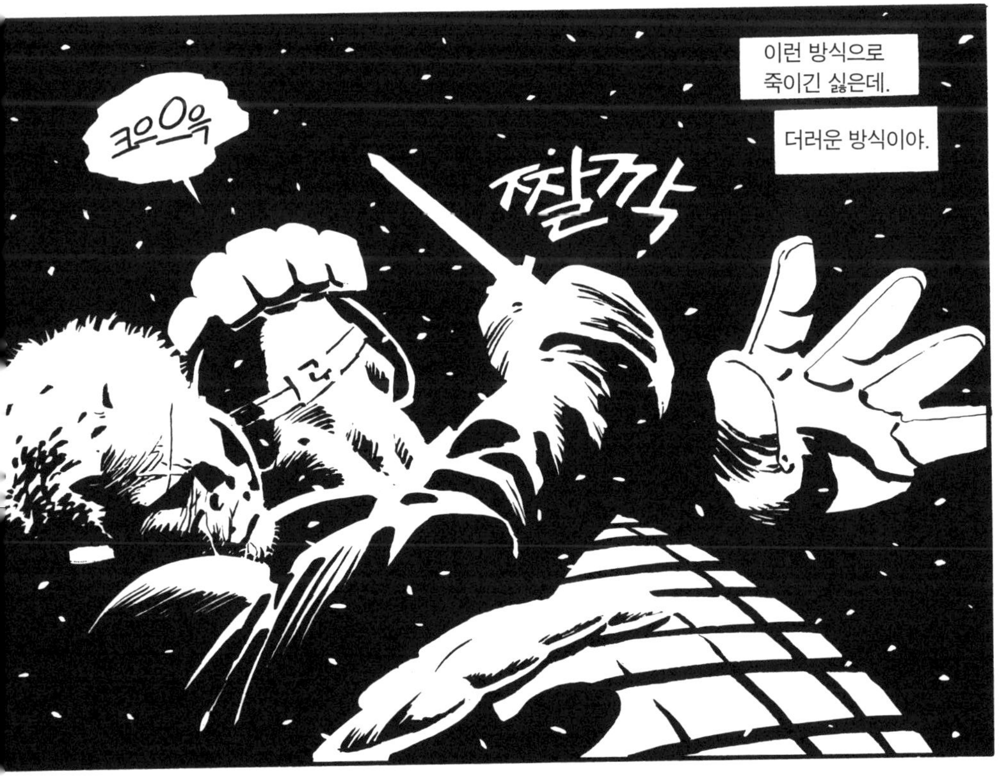
이런 방식으로
죽이긴 싫은데.
더러운 방식이야.
크으으윽
짤깍

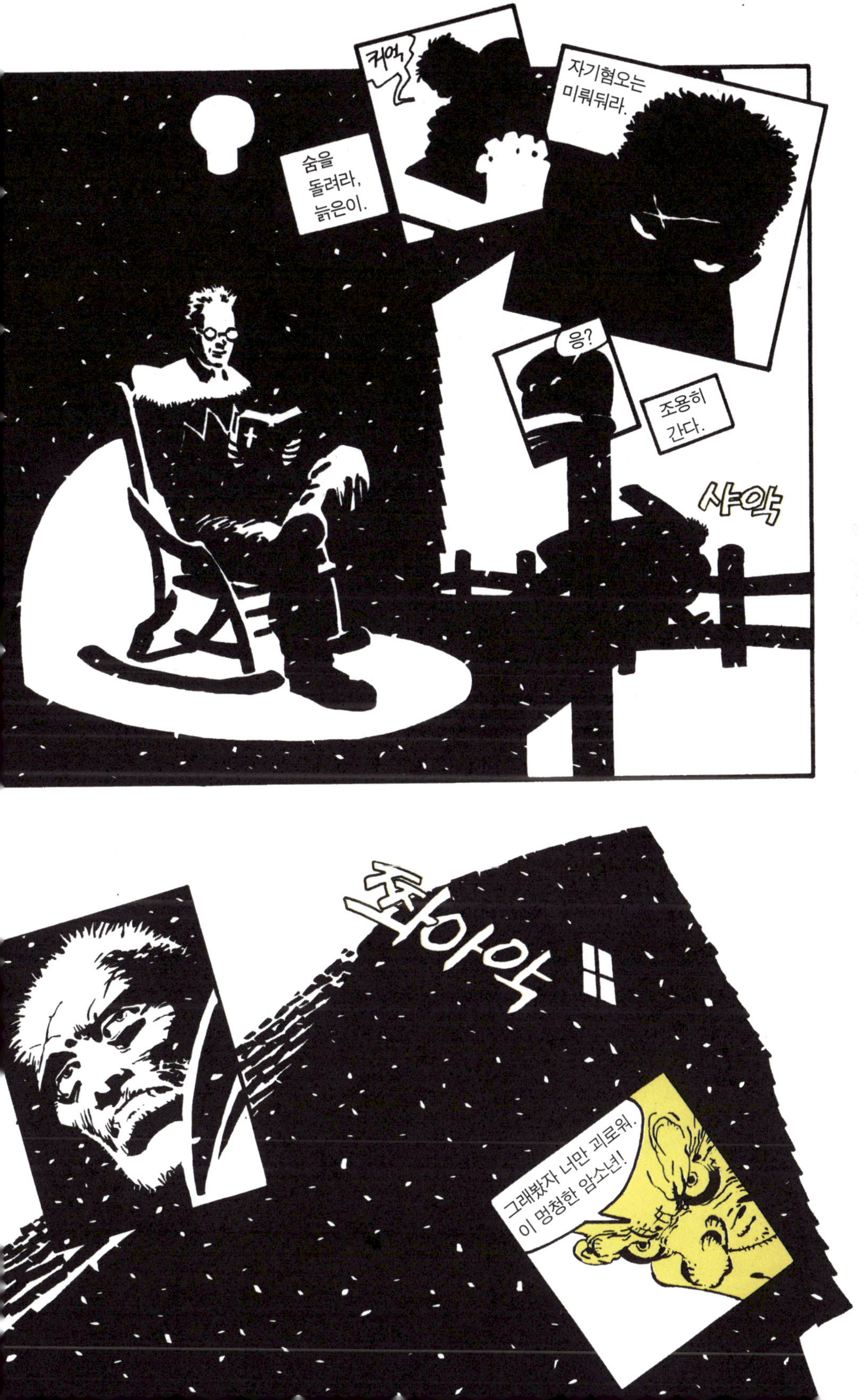

숨을
돌려라,
늙은이.
커억
자기혐오는
미뤄둬라.
응?
조용히
간다.
샤악
쫘아악
그래봤자 너만 괴로워.
이 멍청한 암소년!

쪼앙약

멍청하고
못생긴 암소!

난 팔팔해!
지치는 건 너야.
오래는 못 버텨.
다 그랬거든.
넌 항복할 거야!

허억
허허

항복할 거야!
울면서 빌게 돼 있어!
아무렴, 비명 지르면서!
뚱뚱하고 못생긴 암소년!

소릴 지르고 말걸!

쐬이약

채찍이 단 줄 알아?
천만에. 이건 전희라고.
육질이 부드러워지게
좀 주물러 둬야지.

한심하군.
한심해.
하티건 말대로야.
비명을 못 들으면
흥분이 안 되나 봐?

비명 없으면
안 서지?

한심해.

그렇게 갈구는 건
어리석어.

날 더 나쁘게
만들지.

아니면
좀 서둘러
달라는
건가…

응?

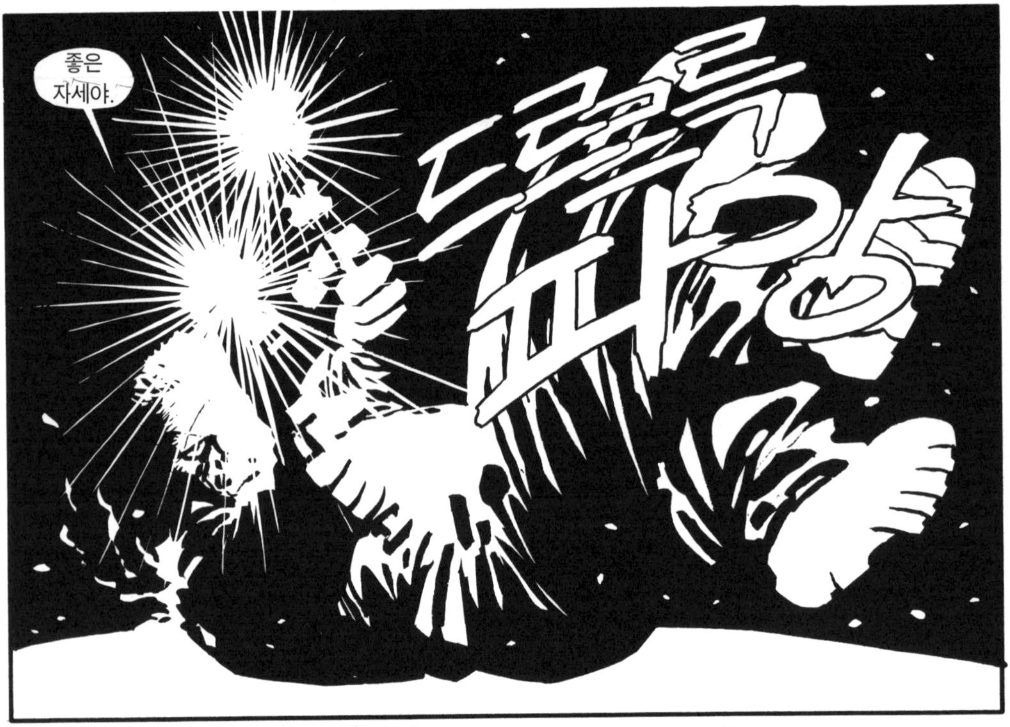
좋은 자세야.
드르르륵
파앙

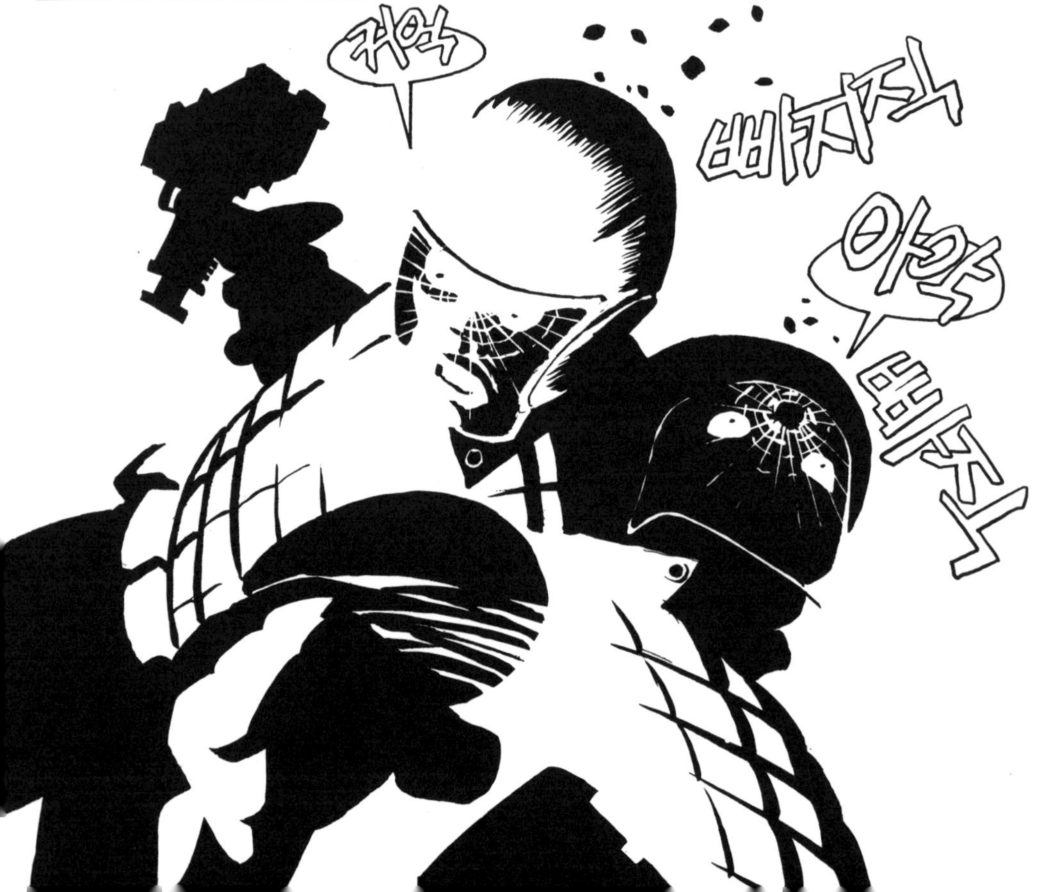
커억
빠지직
아악
빠지직

틀려.
아직은 아냐.

숨을 못 쉬겠다.

안 돼.

아직은 아냐.

일어나라, 늙은이.

정신 바짝 차려라.

영리해져라.

낸시는
네가 필요하다.

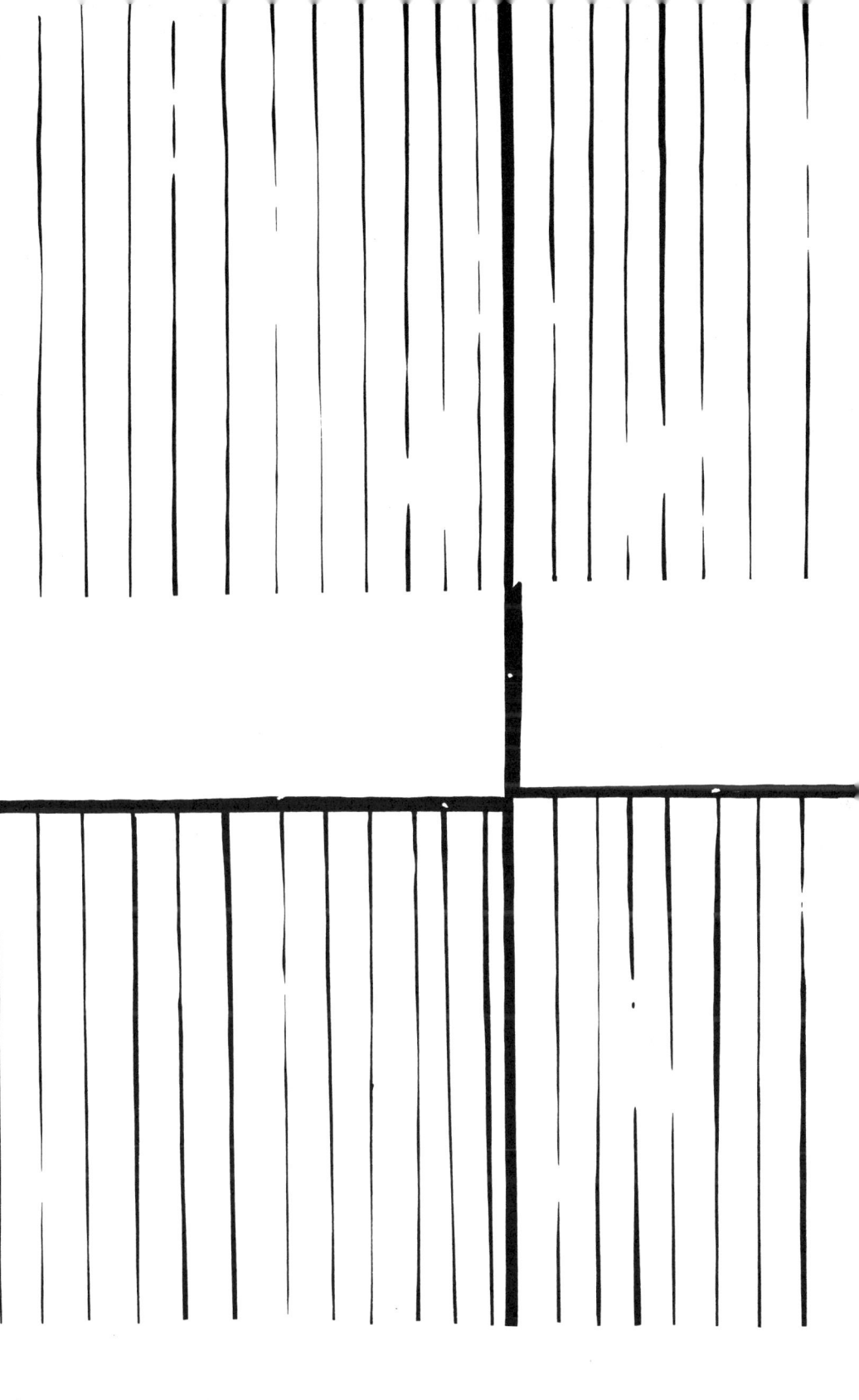

하! 웬 잠꼬대야?
이거 기대 이상인걸!
네 꿈속의 여자를
네 면전에서
회 뜰 수 있게
됐으니.

앉아서 즐겨!
넌 끝났으니까!
주저앉기 직전이지!
그 총도 못 들어
올리잖아!

천만에.

쿠다앙

낸시…
미안하다.

사람 놀라게 하네,
이 영감탱이가!

넌 안심할
수 없지.

틸썩

너부터
손보고
그 다음이
본편이다!

여기 간다!

각오해!

내가 할
말이다.

철썩

놈의 무기를
제거한다.

타얏

둘 다.

213

차로 돌아왔을 즈음에는
낸시도 더 떨지 않는다.
살갗에 온기가 돌아왔다.
다시 정신을 차렸다.
괜찮을 거다.

외투 고마워요….
그리고 다른
사소한 것들도 다.

날 두 번이나
살려준 것처럼요.
하티건… 존…,
다 끝난 거죠?
이제 자유죠?

거의
그렇지.

우선 여길 떠나.

?…

…같이
안 가요?

어림없지! 친구들이
올 거야…. 증거를 수집하러.
이 끔찍한 난장판을
제대로 파헤쳐놓고
오명을 벗어야지.

…그리고
로크 의원을 응당
들어가야 할 철창에
처넣는다.

조심해요. 다시는
헤어지기 싫어.

그럴 일
없어.

아, 존…!

DEDICATED TO
ROBERT PHILIP MILLER

PINUP
GALLERY

MIKE ALLRED

KYLE BAKER

JEFF SMITH

BRUCE TIMM

COVER GALLERY

씬시티4: 노란 녀석

1판 1쇄 펴냄 2006년 10월 13일
1판 4쇄 펴냄 2014년 9월 26일

지은이   프랭크 밀러
옮긴이   김지선
레터링   김수박
펴낸이   박상준
펴낸곳   세미콜론

출판등록   1997. 3. 24. (제16-1444호)
135-887 서울특별시 강남구 도산대로1길 62
대표전화 515-2000   팩시밀리 515-2007

한국어판 ⓒ (주)사이언스북스, 2006. Printed in Seoul, Korea.

ISBN   978-89-8371-344-5 04840
ISBN   978-89-8371-340-7 (전7권)

세미콜론은 이미지 시대를 열어 가는 (주)사이언스북스의 브랜드입니다.

www.semicolon.co.kr

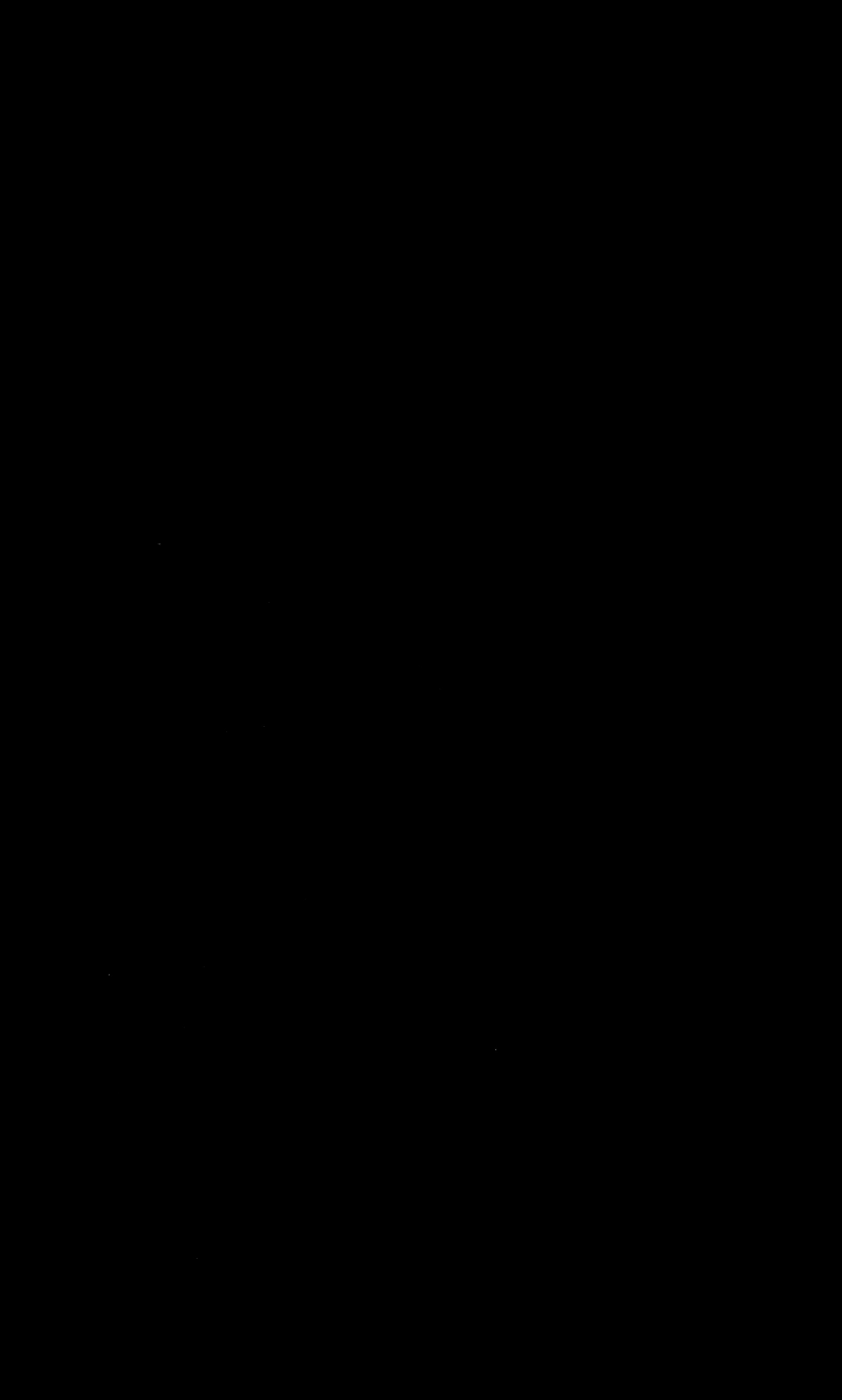